사형을 언도받은 자
외줄타기 곡예사

LE CONDAMNÉ À MORT ET AUTRES POÈMES
suivi de LE FUNAMBULE
by Jean Genet

장 주네
사형을 언도받은 자
외줄타기 곡예사

조재룡 옮김

wo
rk
ro
om

일러두기

이 책은 장 주네(Jean Genet)의 『사형을 언도받은 자와 또 다른 시들 그리고 외줄타기 곡예사(Le Condamné à mort et autre poèmes *suivi de* Le Funambule)』(갈리마르[Gallimard], 1999)를 한국어로 옮긴 것이다.

본문의 주(註)는 옮긴이가 작성했으며, 원주의 경우 별도 표기했다. 옮긴이 주는 주로 『장 주네 사전(Dictionnaire Jean Genet)』(마리클로드 위베르[Marie-Claude Hubert] 편집, 오노레 샹피옹[Honoré Champion], 2014)을 참고했다. (편의상 본문에서는 『장 주네 사전』으로 표기했다.)

원문에서 이탤릭체로 강조된 부분은 방점을 찍거나 다른 서체로 구분했고, 대문자로 강조된 부분은 고딕체로 옮겼다.

저작권자의 요청에 따라 프랑스어 원문을 수록했다.

차례

작가에 대하여

장 주네(Jean Genet, 1910–86)는 프랑스의 시인·소설가·극작가이다. 파리에서 이름을 알 수 없는 아버지와 어머니 카미유 가브리엘 주네 사이에서 사생아로 태어난 그는 생후 7개월 만에 양육원에 유기되고, 이어 파리 빈민 구제국을 통해 프랑스 중부 지방의 가정에 위탁된다. 공립 초등학교에 입학하지만 상급 단계로 진학하지 않고, 파리 근교의 달랑베르 직업학교에 입학하지만 곧 도주한다. 반복된 도주와 체포 후 1926년 주네는 파리의 라 로케트 소년원에서 3개월간의 첫 수감 생활을 시작한다. 같은 해 9월 기차에 무임승차한 죄로 투렌의 메트레 감화원에 수감되고, 이곳에서 2년 반을 보낸다. 이어 1929년 프랑스 식민지 부대에 지원 입대해 몇 년간 아랍 지역에서 근무한 후 유럽을 떠돈다. 수감 생활에 이은 방랑 그리고 동성애자로서의 정체성은 이후 주네의 글쓰기를 지배한다. 자전적 글 『도둑 일기』(1949) 외에도, 그의 작품은 대개 자신의 체험을 기반으로 한다.

1942년 4월 책을 훔쳐 프렌 교도소에 머물게 된 주네는 이곳에서 첫 시 「사형을 언도받은 자」를 쓴다. 역시 수감 중 희곡 「엄중한 감시」를 쓰고, 이해 말 첫 소설 『꽃피는 노트르담』을 쓰고, 이듬해 7월 상테 교도소에서 두 번째 소설 『장미의 기적』을 쓴다. 그다음 해 봄 여러 작가들의 지지 덕에 자유의 몸이 된 주네는 이후에도 절도죄 등으로 감옥을 드나드는 가운데 시와 소설과 희곡과 시나리오와 예술론을 집필한다. 한편 1947년 희곡 「하녀들」이 파리 아테네 극장에서 공연되면서 주네는 극작가로서 이름을 알리게 된다. 「하녀들」에 이어 「발코니」, 「흑인들」, 「칸막이들」 등의 희곡이 프랑스는 물론 유럽 각국과 미국 무대에 오른다.

말년에 서아시아 지역과 미국을 오가며 베트남 반전운동과 흑인 인권 운동에 참여하고 팔레스타인들을 돕고자 했던 주네는 1986년 4월 15일, 전해 완성한 소설 『사랑의 포로』 교정차 파리의 한 호텔에 머물다 숨을 거뒀다. 유언에 따라 모로코 북쪽 해안의 오래된 에스파냐 공동묘지 라라슈에 묻혔다.

이 책에 대하여

이 책에는 장 주네의 장시 여섯 편과 단상으로 남은 시편(詩片)들, 그리고 한 편의 산문이 실려 있다. 여러 편의 시와 한 편의 산문은 자기 자신을 제물로 내건 희생 제의로서 예술을 대했던 주네의 태도를 담고 있다는 점에서 하나로 통한다.

극작가이자 소설가로 알려진 주네는 시를 쓰면서 글을 쓰기 시작했다. 1942년 4월 감옥에서 사형수 모리스 필로르주에게 바치는 첫 시 「사형을 언도받은 자」를 쓰고, 그해 9월 약 100부의 시집을 자비 출판한다. 이어 첫 희곡과 첫 소설을 쓰기 시작하고, 이듬해 2월에는 「사형을 언도받은 자」를 읽고 마음이 움직인 콕토를 만나 이후 작가로 자리 잡는 데 도움을 받게 된다.

시에 뒤이은 산문 「외줄타기 곡예사」는 주네가 생애 가장 사랑했다고 알려진 애인이자 곡예사였던 압달라 벤타가에게 헌정한 것으로, 산문시로 여기거나 공연 대본으로서 읽어도 좋을 글이다.

첫 시를 첫 책으로 낸, 시인이었던 작가의 책을 펴낸다.

편집자

사형을 언도받은 자

스무 살의
살인범
모리스
필로르주에게

마당에 깔린 포석 위로 마음 하나 굴리는 바람이,
나뭇가지에 매달려 오열을 터트리는 천사 하나가,
대리석 칭칭 감은 푸른빛 저 기둥이
나의 밤에 찾아와 구원의 문을 열어주리라.

죽어가는 저 가련한 새[1] 한 마리와 유골 냄새가,
담벼락 위에서 잠든 추억의 눈길과,
창공을 올러대는 비통한 이 주먹이
움푹 패인 내 손아귀에 네 얼굴 내려놓으리.

어떤 가면보다 딱딱하고 가벼운 그 얼굴은
장물아비의 손끝에서보다 내 두 손에서 더 무겁구나
그가 훔칠 저 보석, 눈물에 흠뻑 젖어 있구나.
그 얼굴 음울하고 또 사나워지니, 푸른 화관이 하나 있어 그를 씌워 버리
    는구나.

네 얼굴은 꾸밈이 없구나: 그리스 어느 목동의 것이어라.
움켜쥔 내 두 손아귀에서 네 얼굴 가볍게 떨고 있구나.
네 입술은 죽은 여인의 것 네 두 눈은 그 여인에게서 피어난 장미,[2]
어느 대천사의 것인 듯 어쩌면 네 코는 뾰족한 부리이어라.

15

적개심 가득한 치욕이, 반짝이며 뿜어내는 저 냉기가
네 머리카락 위에 강철처럼 눈부신 별들을 흩뿌렸구나,
네 이마 위로 장미 가시 왕관을 둘러주었구나
미소 짓는 네 얼굴 어떤 못된 병[3]이 있어 저 냉기를 누그러뜨렸을까?

어서 내게 말해보라 대체 어떤 광기 어린 불행이,
악착같이, 미쳐 날뛰는 저 고통이, 얼어붙은 네 눈물에도 아랑곳 않고,
둥근 네 입술을, 애도의 미소 하나로, 손수 아름답게 꾸미려 할 만큼
차디찬 저 절망 하나를 네 눈에서 뿜어져 나오게 했는가?

오늘 밤 「달의 힘센 사내」[4] 노래는 부르지는 말아라.
황금빛 소년[5]아 차라리 우울에 잠겨 우리의
가련한 사랑을 꿈꾸는 저 탑의 공주가 되거라,[6]
돛대 망루에서 밤을 지새우는 앳된 금발 수부가 되어라.

해 질 녘 그는 모자를 벗고 무릎을 꿇고 있는
뱃사람들 사이에서 「바다의 별 성모마리아」[7]를 노래하러
갑판 위로 내려오리라. 매일 아침 그의 작은 손에 쥐어
한껏 부풀어 오를 그의 자지도 나설 채비를 하리라.

앳되고 아름다운 수부야, 근육질의 저 뱃사람들이 저들의 바지 속에서
성기를 발딱 세운 것은, 너에게 쑤셔 넣기 위함이라네.
내 사랑, 내 사랑아, 너는 훔쳐낼 것인가
돛대를 흔들고 있는 저 하늘 내게 열어 보여줄 열쇠 뭉치 하나를

그곳에서 장엄하게, 네가 흩뿌리는, 저 순백의 환희들이,
내 감방 침대[8] 위로, 말 없는 내 감옥 안으로, 눈송이처럼 떨어지고 있구나:
끔찍한 공포여, 보랏빛 꽃에 둘러싸인 저 사자(死者)들이여,
제 수탉들[9]과 함께 맛보는 죽음이여! 연인들의 유령들이여!

살금살금 발소리 죽이고 간수[10] 하나 서성이다 지나간다.
두 눈동자 움푹 패인 그 위로 너에 대한 추억이 드러눕는다.
지붕을 타고 넘어 우리 탈출을 꾀할 수도 있겠구나.
혹자들은 기아나가 무더운 땅이라고 말하곤 하더라.[11]

오, 머나먼 저편 견디기 힘든 저 도형장[12]의 감미로움이여!
오, 아름다운 탈옥[13]의 하늘이여, 바다여, 종려나무들이여,
맑게 비치는 저 아침들이여, 미쳐 날뛰는 저녁들이여, 평온한 밤들이여,
오, 바짝 깎아 올린 머리칼과 저 사탄의 피부들[14]이여.

사랑이여, 우리 함께, 더러 단단한 애인을 꿈꾸자꾸나
우주처럼 거대할지언정 그림자들로 얼룩진 저 몸.
그가 이 어두컴컴한 거처에 우리를 발가벗겨놓고, 제 황금빛 사타구니
   사이에서,
김이 피어오르는 제 배 위에서 우리를 단단히 조여오리니,

네 입맞춤에 어지러워진 그의 건장한 옆구리 위로
빛나는 네 두 손이 떨며 가져다놓을 저 카네이션과
재스민 꽃다발 위에서 발기하고 있는
대천사처럼 눈부신 기둥서방[15]이여.

내 입 가득한 저 슬픔이여![16] 가련한 내 마음 부풀어 오르게 하고
부풀어 오르게 하는 저 떫음이여! 잘 가거라 향기 머금은 내 사랑들아
잘 가거라 사랑받았던 불알들아! 영영 어디론가 가버리는구나!
오, 막혀버린 내 목소리 뒤로하고 잘 가거라 당돌한 자지여!

아이여, 노래를 부르지 말아다오, 그대 아파치족의 가곡을 그만두어다오!
도끼가 나를 내려치기 훨씬 전에 내 안에서 죽은
아름다운 멜로디의 아이여, 혹여 네가 두려워 않는다면
순결하게 빛나는 목덜미의 어린 소녀가 되어다오.

라일락[17] 화관을 둘러 너무나 아름다운 영광의 아이[18]여!
구부리거라, 내 침대 위에 네 몸을, 놔두어라 솟아오른 내 긴 자지[19]가
너의 금빛 뺨[20] 다독거릴 수 있게. 들어보아라, 그가 너에게,
네 연인 저 살인자 수천 개 불꽃이 된 그의 몸짓이 네게 이야기하는 것을.

그가 노래를 부르는구나, 네 몸과 네 얼굴을, 그 어떤
몸집 좋은 기사의 좆대가리[21]도 절대 열지 못할 네 마음을
차지했었노라고. 네 동그란 두 무릎마저! 네 싱싱한 목덜미도, 네 부드러
　　운 손도,
오, 어린 섹스 파트너[22]여, 네 나이조차 그가 차지했었노라고!

피로 흥건하게 젖은 네 하늘을 훔쳐야 하리 훔쳐야 하리
저 풀밭, 저 울타리 여기저기서 끌어모은 죽음들[23]로
저 눈부신 죽음들로, 그의 죽음을, 그의 청춘의 하늘을
준비할 수 있게 단 하나의 걸작을 만들어내야 하리….

장엄한 매일 아침, 럼주와, 담배[24]와….
담배의, 도형장의, 수부들의 환영이,
바지 앞섶 묵직한 살인자의 유령 하나가 나를 덮치고
나를 옥죄는 내 독방을 방문하는구나.

어두컴컴한 세계 하나 가로지르는 노래
그것은 네 음악에 실려온 기둥서방의 절규,
그것은 통나무처럼 말라 뻣뻣해진 저 목매달린 자의 노랫가락.[25]
그것은 사랑에 빠진 도둑 하나 황홀하게 만드는 호출.

열여섯 살 잠꾸러기가 튜브를 요청해보아도
어느 수부 하나 이 미처 날뛰는 잠꾸러기에게 던져주지 않는다.
한 아이 벽에 찰싹 달라붙어, 꼿꼿이 서 있다.
또 다른 아이 이어 붙인 제 두 다리에 둥글게 몸 말고 잠자고 있다.

감춰왔던 내 사랑 단 한 번도 이해하려 하지 않은
어느 아름다운 무관심한 자의 푸른 저 두 눈을 위해,
한 척의 배처럼 아름답고 또 나를 숭배하며 죽어간,
알지 못하는 연인을 나는 그녀의 검은 곤돌라에서 살해하였다.

잔혹의 가면으로 얼굴 감추고, 금발 투구를 쓰고서,
범죄를 위한 무장을 네가 모두 마쳤다면,
그대여, 미쳐 날뛰는 간결한 바이올린 소리 그 박자에 맞추어
연금 받아먹는 여인을 사랑으로 속여먹고 그의 목을 내리치거라.

눈물 질질 짜는 노파의 허둥대는 몸짓 속으로
시간을 무지르며 모습을 드러내는, 비정하고 잔혹한
강철 기사 한 명이 여기 지상으로 등장하리라.
그리하면 특히 그의 맑은 시선 앞에서 무서워 떨지 말거라.

이 출현은 사랑의 죄악을 두려워하는
하늘로부터 당도한다. 깊은 곳의 아이가
놀랄 만큼 장려한 그의 몸으로부터, 숭배할 만한
그의 긴 자지 향기 깊이 밴 정액으로부터 태어나리라.

양모 융단 위 검푸른 화강암, 그의 엉덩이 위에
한 손을 올려, 그것이 움직이는 소리를 들어보거라.
죄악에 물들지 않은 그의 육신이 뿜어내는 빛을 향해 걸어보거라,
그리고 그의 샘물가에 네 몸 편히 눕히거라.

매번 저 피의 축제는 아름다운 소년을 파견하는구나
이는 어린아이가 제 첫 시련[26]을 견뎌내게 힘이니.
네 두려움과 새로 피어난 네 불안을 어서 잠재우거라.
굵은 고드름 하나 빨듯, 내 단단한 자지를 빨아라.

네 뺨을 두드리는 자지를 부드럽게 깨물어보거라,
부풀어 오른 내 긴 자지에 입맞춤해 보거라, 내 자지를 통째로
단숨에 집어삼켜 네 목구멍 깊숙이 넣어보거라.
사랑으로 네 목구멍을 틀어막아라, 뱉어내거라, 그러곤 오물거려라!

성스러운 기둥처럼, 무릎 꿇고 숭배하거라,
문신 새겨진 내 가슴을, 눈물 흘러내릴 때까지 숭배하거라
어떤 무기보다 훌륭하게 너를 때릴, 터질 듯한[27] 내 성기를,
숭배하거라 너를 뚫고 들어갈 내 빳빳한 자지를.

그것은 네 두 눈 앞으로 솟아올라, 네 영혼을 따먹을 것이니,[28]
머리를 조금 숙여 그것이 곧추서는 모습을 눈여겨보거라.
빨기에[29] 아주 적합하고 또 고결하다는 사실을 알아차리면서 너는
네 몸을 저 아래로 한참 기울여, 그것에 대고 이렇게 말하리라:
　　"마담[30]이여!"

마담이여, 내 말을 들어보시오! 마담이여, 우리 모두 여기서 죽을 것입니다!
이 작은 성(城)[31]에는 유령이 배회하고 있소이다! 감옥은 허공을 날며
　　흔들리고 있소이다!
구해주시오, 우리는 봉기할 겁니다! 오, 자비로운 성모여,
우리 모두를, 하늘에 있는 당신의 방으로 데려가달란 말이오!

21

이리로 와 나를 위로할 수 있도록, 태양을 어서 불러주시오.
저 수탉들을 남김없이 목 졸라 죽여주시오![32] 사형집행인을 잠들게 해주
  시오!
볕이 내 쇠창살 뒤에 들어 불길한 미소를 짓는구나.
죽음을 위해 존재하는 감옥이란 역겨운 학교와 다르지 않구나.

늙어빠진 단두대[33]보다 가볍고 엄숙한 나의 손이,
네 마음을 흔들어놓지 않고, 내 옷깃 아래 살짝 스쳐 지나는,
갑옷도 증오도 없는 내 목 위에, 네 이빨이
제 늑대의 미소를 내려놓게 놔두어라.

오, 아름다운 나의 태양이여 어서 오라, 오, 나의 저 에스파냐의 밤[34]이여
  어서 오라,
내일이면 죽음을 맞이할 내 두 눈동자 속으로 어서 달려오라.
달려오라, 나의 문을 열어주어라, 나에게 네 손을 가져와보아라,
우리의 들판을 쏘다니게 여기서 먼 곳으로 나를 데려가보아라.

저 하늘이 잠에서 깨어나리라, 별들이 만개하리라,
꽃들은 탄식조차 하지 못하리라, 저 초원의 검은 잡초가
아침이 마셔버릴 이슬을 반갑게 품으리라,
종소리 울려 퍼지리라: 그러면 나 홀로 죽음을 맞이하리라.

오, 어서 오라, 나의 장밋빛 하늘아, 오, 나의 금빛 꽃바구니여!
한밤이 되면 사형을 언도받은 너의 사람을 방문하거라.
살가죽을 벗겨내거라, 죽여버려라, 타고 넘어라, 물어뜯어라,
여하튼 어서 이리로 오라! 내 동그란 귀두**35**에 네 뺨을 맞대어보거라.

우리가 사랑에 대해 서로 할 말을 다 바친 건 아니었다.
우리가 우리의 지탄**36**을 피우는 일을 다 마친 건 아니었다.
우리는 **법정**이 백주(白晝)를 창백하게 할 만큼 몹시 아름다운
한 살인범에게 왜 사형을 언도하는지 의아해할 수 있으리라.

사랑이여 내 입술 위로 오거라! 사랑이여 너의 문들을 열어라!
복도를 가로지르거라, 내려오거라, 사뿐히 걸어가거라,
어느 목동보다도 부드럽게, 흩날리는 낙엽들보다
바람 받아 더 고상하게, 계단에서 어서 날아오르거라.

오, 벽을 뚫고 지나가거라. 그래야만 한다면, 저 지붕들의, 저 해안의
가장자리라도 밟고 가거라. 빛으로 네 몸을 가리거라,
협박을 이용하거라, 기도를 이용하거라,
하지만 오거라, 나 죽기 한 시간 전에는, 오 나의 어린 섹스 파트너**37**여.

웃자란 전나무들 노랫소리 들려오는 내 독방에서
벽의 살인범들이 여명에 둘러싸인다, 그 노래가
맑은 아침이 금빛으로 물들인, 수부들이 묶어놓은 가느다란 로프에 매달린
내 독방을 조용히 흔들어 재워주는구나.

누가 바람의 장미[38]를 회벽에 새겨넣은 것일까?
누가 헝가리 저 오지에 있는, 나의 집을 생각해줄까?
어떤 아이가 친구들을 기억하며 잠에서 깨어나는 순간에
내 썩은 짚 이불 위에서 뒹굴었던 것일까?

나의 광기여 실없는 말을 뱉어라, 나의 쾌락과 맞바꾸어
허리까지 옷을 홀딱 벗은, 아름다운 병사들로 북적거리는
저 위안의 지옥 하나를 낳아라, 회녹색 군복 바지에서
그 냄새로 나를 기절시키고 말 이 육중한 꽃들을 끄집어내거라.

미쳐 날뛰는 저 몸짓들을 우리 모르는 곳에서 끌어내거라.
아이들을 훔쳐 먹어라, 고문을 발명하거라,
아름다움의 사지를 절단하여라, 명사(名士)들을 괴롭히거라,
그리고 젊은이들에게 기아나를 밀회의 장소로 줘버려라.

오, 나의 오랜 친구 마로니[39]여, 오, 감미로운 카옌[40]이여!
나는 본다 꽃과 이끼 위 간수들이 뱉어버린 담배꽁초를
주워 피우고 있는 귀여운 금발 소년들[41] 곁에서
열다섯에서 스무 명 정도의 죄수들이 제 육신을 웅크리고 있는 것을.

우리 모두를 비탄에 빠트리는 데 젖은 꽁초 하나면 충분하다.
뻣뻣한 풀고사리 위에 홀로 우뚝 서서,
가장 젊은 남자아이가, 끝내주는⁴² 배우자가 되기를 고대하며,
제 가벼운 엉덩이를 들어, 꼼짝 않고, 포즈를 취하고 있구나.

그러면 저 늙은 살인범들은 재빨리 의식을 거행하려고
저녁 어둠 속에 웅크리고서 바짝 마른 자지에서
감동적인 그 어떤 자지보다 한결 감동적이고 또 순수한
어린놈을, 부지런히, 겁탈하려 덤빌 자그마한 불씨 하나를 지펴낼 것이다

그의 반질반질한 근육에서, 제일 딱딱한 무뢰한도,
이 가냘픈 꼬맹이 앞에서 존경을 표하며 구부러진다.
달이 하늘로 차오른다. 실랑이가 차츰 잦아든다.
검은 깃발의 저 신비로운 주름들이 분주히 움직이기 시작한다.

레이스 속 네 몸짓들이 참으로 섬세하게 너를 감싸고 있구나!
붉게 달아오른 종려나무 줄기에 어깨 하나 기대고
너는 담배를 피운다. 연기가 네 목구멍을 타고 내려가는
그사이, 도형수들은 장엄한 춤을 추면서,

장중하게, 입 뻥긋하지 않고, 그들은, 단 한 번 제 차례에,
아이야, 네 혀가 저들에게 흘려보내는 저 동그란 연기
한 모금을, 두 모금도 아닌, 오로지 향기 밴 한 모금만을
네 입에서 받아내려 할 것이다. 오, 득의양양한 형제여,

눈에 보이지 않아 사나운, 저 무시무시한 신성이여,
너는 빛나는 금속의, 저 날카롭고, 무표정한 상태로 남겨진,
너 자신만을 걱정해야 할, 노래를 부를 네 해먹 위로
들어 올리어진 숙명의 분배자[43]로구나.

네 섬세한 영혼은, 가슴에 한 발의 흉탄을 맞고서,
너 따위는 생각지도 않은 채, 어느 계곡 깊숙한 곳에서
죽어가고 있는, 도형장 탈옥수의 매혹적인 탈주에 대한 생각에
여전히 사로잡힌 채, 저 산 저편을 향한다.

달빛 하늘로 어서 높이 올라라, 오, 나의 소녀 같은 아이[44]야.
경배할 만한 우리들의 혼례를 풍요롭게 하러, 내 **사랑**아,
어서 이리로 와 네 목젖에서 내 이빨까지 적셔줄
진한 정액을 내 입안에 조금이라도 흐르게 해다오.

무뢰한들의 항문에 가장 부드럽고 감미롭게 쑤셔 박고 싶어 환장하는
내 몸에 겁탈당한 네 몸을 바짝 붙여보아라.
네 동그란, 금빛 불알의 무게를 재보며, 매혹된
검은 대리석 내 귀두가 너를 심장까지 뚫어버리리라.

오, 불태우고 나를 전부 살라버리는 저 석양 아래
우뚝 선 이것을 조준하라! 서 있는 것은 잠시뿐이니,
그렇게 할 수 있다면, 어서 와다오, 거품 이는 그대의 진창에서
그대의 연못에서, 그대의 늪에서 어서 빠져나와다오.

내가 죽인 자들의 영혼이여! 나를 죽여주시오! 나를 불살라 버리시오!
나는 삶에서 초췌한 미켈란젤로[45]를 깎아 만들었다
하지만, 나는 항상, 저 아름다움을, 내 배로,
내 무릎으로, 끓어올라 벌게진 내 두 손으로 섬겨왔다.

닭장의 수탉들,[46] 저 음란한 기운의 종달새,
우유병 가득한 상자, 하늘로 울려 퍼지는 종소리,
자갈길 위 발걸음 하나, 맑고 하얀 내 창유리,
그것은 슬레이트 감옥 위에서 기뻐하는 빛남이라네.

사람들아, 나는 두렵지 않다! 혹여 내 머리가 네 창백한
머리와 함께 바구니에 떨어지며 소리 내어 구르게 되더라도,[47]
사랑하는 아이야, 운이 좋아 내 머리 떨어지리라 너의 저 탐스런
엉덩이 위로 아니면 더욱 아름다워지려, 너의 목덜미 위로….

조심하라! 반쯤 입 벌린 비극의 왕아,
홀로, 네가 꼼짝 않고 있는, 두 손가락 들어 올려, 푸른
베일로 머리를 덮은 채, 네가 자지를 발딱 세우고 있는
너의 황폐한 모래 정원으로 나 가리라

나는 정신 나간 백치가 되어 네 순결한 분신을 보고 있구나!
사랑이여! 노래여! 나의 왕비여! 회벽 위에서
그렇게나 나를 뚫어져라 쳐다보는 것은 창백한 네 눈동자 속에서
장난질 칠 때 얼핏 보았던 어떤 남자의 망령은 아니런가?

27

엄숙해지지 말거라, 방랑하는 네 가슴에 대고 저 아침을
노래하게 두거라, 한 번이라도 좋으니 어서 내게 입맞춤하거라….
이런 젠장, 살아 있을 때 너를 단 한 번도 내 가슴 위로
내 좆으로 품어보지 못하고 나 이제 곧 뒈져 버리겠구나!

신이여 나를 용서해주시오 나 죄를 저질렀지 않습니까!
내 목소리의 저 눈물들, 나의 신열, 나의 고통,
프랑스라는 아름다운 나라를 도망쳐 달아나야 하는 저 아픔,
주여, 희망으로 비틀거리며 나 이제
        잠자러 가기에 충분한 것 아니겠소.

향기로운 그대 품에서, 눈 내리는 당신의 성에서!
어두운 거처들의 주여, 나는 아직 기도할 줄 알고 있습니다.
신부님, 어느 날엔가 이렇게 절규했던 것은 바로 저란 말입니다:
나를 보호해주시는 신이시여, 지극히 높은 저 하늘에 영광이 있기를,
        헤르메스의 지친 발을 쉬게 하소서!

나는 죽음에게 요청한다, 평안을, 기나긴 잠을,
세라핌 천사들[48]의 노래를, 그들의 향기를, 그들의 화환을,
양털로 짠 따스하고 긴 외투 입은 아기 천사들을,
그리고 나는 달도 없고 해도 없는 밤들을 희망한다,
        저 꼼짝 않는 황야 위에서.

나를 단두대에서 처형하는 것은 오늘 아침이 아니다.
나는 편안히 잠잘 수 있다. 2층 침대 위 나의 저 나태한
어린 애인이, 나의 진주가, 나의 예수가 잠에서
깨어난다. 그는 짧게 깎아 올린 내 대가리에 제 딱딱하고
　　　커다란 자지를 박으러 올 것이다.

옆방에 간질 환자 한 명이 사는 것으로 보인다.
감옥은 사자(死者)들의 어두컴컴한 노래 속에서 선 채로 잠들어 있다.
물 위의 뱃사람들이 항구가 가까워지는 것을 보게 되면,
잠자는 내 사람들은 또 다른 아메리카를 향해 달음질을 치리라.

이 시를 내 친구 모리스 필로르주(Maurice Pilorge)의 영전에 바친다. 잠을 이루지 못하는 매일 밤, 그의 몸과 해맑은 얼굴이 여기저기를 배회하고 있다. 생브리외 감옥의 사형수 감방에서 두 발은 물론 이따금 두 손조차 결박된 상태에서 그가 보낸 마지막 40일을, 나는 그와 함께 정신적으로 다시 살아보려 한다. 언론은 핵심을 모두 놓쳤다. 언론은 오로지 사형집행인 데스푸르노의 방식으로 그의 사형을 집행하게 된 우연[49]에 초점을 맞춘 바보 같은 기사들을 실었을 뿐이었다. 죽음 앞에서 모리스가 보인 태도를 논평하면서 『뢰브르(L'Œuvre)』지는 "이 아이는 다른 운명에 걸맞았다"라고 운운하였다.

간략히 말해, 사람들은 그 기사를 곧이곧대로 받아들였을 뿐이었다. 그를 잘 알고, 또한 그를 사랑했던 사람으로서, 나는 이 자리에서 분명히, 할 수 있는 한 가장 부드럽게, 온화하게, 그의 정신과 육신의 저 이중적인 전대미문의 광채로 말미암아, 그야말로 이와 같은 죽음의 선고에서 특혜를 받아 마땅한 인물이었노라고 선언하려 한다. 그의 아름다움과, 그의 젊음과, 그의 아폴론과도 같은 고뇌에 매료된 한 간수와의 공모 덕분에, 나는 매일 아침 몇 개비의 담배를 그에게 건네주려 내 감방에서 그의 감방으로 건너갈 수 있었고, 그때마다, 그는 일찌감치 잠자리에서 일어나 콧노래를 부르고 있다가, 나에게 미소를 지어보이며 이렇게 인사를 건네곤 했다: "안녕, 아침-맞이-자노!"[50]

퓌드돔 출신인 그는 오베르뉴 지방의 사투리가 조금 섞인 말투를 썼다. 멍청하지만 그러나 제 파르카 여신[51]의 역할을 수행하는 데 있어서만큼은 크게 위엄을 뽐내곤 하는 배심원들은, 그의 고결함에 오히려 모욕을 느낀 나머지, 그가 바닷가 별장에서 저지른 강도 짓에 무려 20년의 징역형을 선고해버렸고, 다음 날 같은 중죄 재판소에서, 1천 프랑이 넘지 않는 돈을 훔치려고 제 애인 에스퀴데로

를 살해한, 내 친구 모리스 필로르주에게, 참수형을 언도하였다. 그
는 1939년 3월 17일 생브리외 감옥에서 처형되었다.[52]

1. '새'를 뜻하는 프랑스어 'oiseau'는 '남자아이'의 속어이기도 하다.

2. 장미는 주네에게 특히 목 잘린 장미로 형상화된다. 목 잘린 장미는 주네가 이 시를 헌정한 사형수 필로르주를 신격화하는 한 방편으로, 「사형을 언도받은 자」보다 「장송행진곡」에서 특히 강조되어 나타난다. 『장 주네 사전』, 256쪽.

3. haut-mal. '뇌전증(간질병)'의 뜻을 포함하고 있다.

4. Costauds de la Lune. 월하장사(月下壯士). 파리의 바스티유 구역을 오가던 불량배, 무뢰한, 포주 등을 가리킨다.

5. gamin d'or. 어린 동성애자를 가리킨다. '황금빛', '금도금을 입힌'을 뜻하는 형용사 'doré(e)'를 '소년'과 함께 쓸 경우에도 어린 동성애자를 지칭한다. 주석 20번 참조.

6. "저 순결하게 빛나는 목덜미의 어린 소녀"(18쪽)와 마찬가지로 주네는 성별의 경계를 허무는 표현을 자주 썼다. 여성 등장인물을 남성 관사나 남성 소유형용사로 수식한 희곡 「하녀들」이나 「발코니」에서와 마찬가지로, 남성의 여성적 표현은 주네가 동성애에서 여성의 역할을 맡은 자들의 언어를 차용하였다는 사실을 알려준다.

7. Ave Maris stella. 성모마리아의 모든 축일의 저녁기도에 불리는 찬송가.

8. 남성명사 'page'는 왕실에서 시중을 거드는 시동이나 남자 몸종을 의미하지만, 여기서는 은어로 사용되었다. 남성명사 'pajot' 또는 'pageot' 역시 '침대'와 동의어로, 감방에서 쓰이는 은어.

9. 주석 32번 참조.

10. 주네의 작품에서 간수는 주로 훔쳐보는 자로 설정되어 있다. 그는 죄수들의 사생활을 염탐하고 그들을 자극하는 자로 묘사된다.

11. 기아나(Guiana)는 프랑스의 해외 영토로 남아메리카 대륙 동북부의 대서양 연안에 위치하며, 남아메리카 대륙에 남아 있는 유일한 유럽 국가 영토로 1676년에 프랑스의 식민지가 되었다. 1946년에 프랑스의 지방 행정구역으로 통합되었고, 1852년부터 약 100년간 프랑스 본토의 죄수를 수용하는 유형지로 이용되었다. 영화 「빠삐용」의 실제 배경으로 사용되었던 이곳에 '악마의 섬'이 있었다. 주네가 이 작품을 집필할 당시, 이 섬은 더 이상 감옥으로 사용되지 않았다. 그러나 주네에게 이곳은 처형지, 도형지, 사형지 등에 대한 이상적인 이미지를 제공해 주었으며, 작품 전반에 등장하는 감옥의 이미지에 가장 부합하는 장소였다.

12. 도형장이나 도형수는 주네에게 있어 힘, 남성성, 완고한 남성의 폭력성과 상처받기 쉬운 특성을 동시에 나타낸다. 랭보의 시에서 영향받은 구절이다. 「옮긴이의 글」279–80쪽 참조.

13. '미녀'를 뜻하는 단어 'La Belle'의 번역어. 탈옥하기 쉽다고 알려진 감옥을 가리켜 죄수들이 부르는 속어.

14. Peaux-de-Satin. 맥락에 따라 게이나 남창(男娼), 혹은 펨크족을 의미하는 속어.

15. mac. 창녀의 기둥서방을 뜻하는 'maquereau'의 줄임말.

16. 구강성교를 의미한다.

17. 라일락은 주네의 희곡 「엄중한 감시」나 소설 『장미의 기적』에서와 마찬가지로, 살인자가 들고 있는 꽃으로 형상화되며, 장례를 치르는 장면의 간접적인 은유를 만들어낸다. 『장 주네 사전』, 255쪽.

18. "영광의 아이"는 서양의 결혼식에서 예식의 시작을 알리며 꽃을 들고 입장하는 두 명의 아이들을 가리킨다.

19. queue. 동물의 꼬리나 당구에서 사용하는 봉을 의미하며, 남자의 성기를 나타내는 속어로도 쓰인다.

20. '도금을 입힌', 혹은 '금빛'으로 번역될

'doré(e)'는 동성애자들 사이의 속어로 항문에 성기가 삽입된 상태나 항문 성교 이후 항문의 상태를 표현한다.

21. 'éperon'은 '박차(拍車)'라는 의미를 지니고 있으며, 성적인 맥락하에 '자극, 자극의 도구, 자극의 원천'으로 이해된다.

22. 'môme'는 '꼬마, 아이, 조무래기' 등을 뜻하지만, 여기서는 동성애자의 어린 상대자를 지칭하는 속어로 쓰였다.

23. 주네는 여기서 세상에 편재하는 죽음의 추상적인 이미지를 붙잡으려 하고 있다.

24. 당시 프랑스에서는 사형수에게 담배와 럼주 한 잔이 마지막으로 제공되었다.

25. 주네가 범죄자 처형의 지배적 형식으로 참수를 선택한 것은 참수가 가장 영예로운 죽음을 사형수에게 부여하기 때문이다. 이런 점에서 이 구절은, 주네의 소설 『장례식(Pompes funèbres)』에 등장하는 화형과 마찬가지로 예외적이다(여기서 "통나무"가 성적 비유로 사용되었다). 사형을 언도받은 자의 노래는 참수형당한 자에게 바쳐지는 노래이다. 『장 주네 사전』, 243쪽.

26. 성적 경험을 의미한다.

27. se rompre. 일차적으로는 '꺾이다,

부서지다, 끊기다'라는 뜻이다. 주네에게 이 동사는 첫째, 항문 성교를 암시하며, 둘째, 사형수를 의자에 앉혀 처형하는 방식을 암시한다.

28. 'enfiler'는 속어로 '여자를 성적으로 정복하다'라는 의미를 지닌다.

29. 명사로 쓰일 때 'baiser'는 키스를 뜻한다. 그러나 동사로 쓰일 때 '성관계를 맺다'라는 의미가 있고, 여기서 성기에 키스를 한다는 것은 사실 그것을 입안에 넣는다는 말과 다르지 않다.

30. 주네의 희곡 「하녀들」의 등장인물 중 한 명. 「하녀들」에서 하녀 클레르와 솔랑주에게 증오의 대상인 동시에 동경의 대상이었던 마담은 시에서 여성성과 사치의 상징이다. 여기서는 남성 성기의 의인화로서 사용되었다. 주네는 언어적으로 여성에 속하는 명사들로 남성의 성기를 지칭하는 데까지 나아간다. 그가 남성 성기의 속어로 사용한 낱말들은 거개가 여성명사에 해당되는 것들이다.

31. 'manoir'는 중세 영주의 저택이나 성을 의미한다. 여기서는 감옥을 가리킨다.

32. '수탉들'은 경찰이나 간수의 은유가 아니다. 닭이 울면, 동이 트고, 동이 트면 사형이 집행될 것이기 때문에 이를 지연해야 한다는 절규에 가깝다.

33. 'veuve'(과부)의 번역어. 기요틴(단두대)의 속어다.

34. 주네는 평생 방황하면서 살았다. 쉴 새 없이 이탈리아, 유고슬라비아, 오스트리아, 체코슬로바키아, 폴란드, 에스파냐 등을 돌아다녔는데, 특히 바르셀로나의 중국인 동네인 엘 라발을 떠돌아다녔다고 전해진다.

35. 머리나 얼굴을 뜻하는 'tête'는 여기서 '귀두'의 은어로 쓰였다.

36. 프랑스의 대중적인 담배 중 하나.

37. '범선'을 뜻하는 'frégate'는 속어로 '젊은 남색가, 감옥에 여자들을 대주는 젊은 유부녀'를 가리킨다. 주네의 작품에서 'frégate, marle, marlou, tante, tantouze, tapette, pédé, pédéraste, enculé, emmanché, caroline' 등이 등장인물로 제시된 경우, 모두 동성애와 관련된 속어다. 미리암 벤디프실라스(Myriam Bendhif-Syllas)의 『주네, 프루스트: 교차로(Genet, Proust: chemins croisés)』(라르마탕 출판사[Editions L'Harmattan], 2010) 84쪽 참조.

38. '바람의 장미(Rose des Vents)'는 동서남북의 기점을 그려넣은 커다란 원판이다. 중세부터 사용되어 왔으며 서른두 개의 방향이 표시되어 있다. 배에서 나침반으로 쓰였고, 적을 방어하기 위한 성에서도 사용되었다.

39. 'Maroni'는 여기서 중의적으로 사용된 것으로 보인다. 1. 기아나와 수리남 사이의 강, 2. 기아나의 도시 생로랑뒤마로니(Saint-Laurent-du-Maroni). 통칭 '마로니'라 불리는 이 도시는 기아나에서 카엔 다음으로 인구가 밀집되어 있으며, 감옥이 있는 도시로 알려져 있다.

40. Cayenne. 기아나의 도청 소재지.

41. 원문의 'mino'는 'minot'의 표기로, 남자아이를 의미한다.

42. 'sacré'의 번역어. 명사 앞에서 '끝내주는, 굉장한, 대단한'이라는 구어적 의미를 지닌다.

43. 'distributeur fatal'의 번역. 아무에게나 제 몸을 허락한다는 의미.

44. 주네는 'gosse'에 여성 소유형용사를 붙여놓았다. 주네가 일부러 여성형으로 표기한 경우, 남성 동성애자의 섹스 파트너를 의미한다.

45. 주네의 첫 소설 『꽃피는 노트르담』에서 섹스 파트너로 등장하는 여인 디빈느는 살인자 노트르담과 섹스를 하며 다음과 같이 반응한다. "그녀는 미켈란젤로의 노예 형태로 조각된 바위 같은 근육들이 그녀를 압박하고서 그녀에게서 빠져나가는 것을 느꼈다." 장 주네, 『꽃피는 노트르담(Notre-Dame-des-

Fleurs)』(1944), 갈리마르, 125쪽. 『꽃피는 노트르담』에 대해서는 이 책 125쪽 주석 3번 참조.

46. '경찰서의 남자 죄수'라는 의미도 함축하고 있다.

47. 'dans le son du panier'의 번역이다. 프랑스는 기요틴(단두대)에서 목을 베는 처형 방식을 사형 제도가 폐지되기 전까지 고수했으며, 이는 프랑스혁명의 전통을 따른 것이다. 사형장에서는 기요틴 아래에 톱밥이 담긴 바구니를 두어 떨어진 목을 담고 또 피를 흡수하게 했다.

48. 치품천사. 천사의 아홉 계급 중 최고의 천사.

49. Jules-Henri Desfourneaux (1877–951). 데스푸르노 집안은 대대로 사형집행인 직종에 종사하였다. 그러나 데스푸르노는 이를 거부해 모터 기술자로 일했으며, 외국에서 오래 생활하기도 하였다. 1900년대에 프랑스로 귀국한 그는 사형집행인 아나톨 데이블레(Anatole Deibler)를 만나게 되었고, 사형 집행 보조가 필요했던 데이블레는 데스푸르노를 고용했다. 그러다 1939년 2월 2일 데이블레가 색전증으로 돌연사하자, 다음 날로 예정되었던 모리스 필로르주의 사형 집행이 미뤄졌고, 이 집행을 데스푸르노가 맡게 되었다.

50. Jeannot. 감옥에서 불리던 장(Jean)
주네의 애칭이다.

51. 생사를 맡아보는 세 여신으로,
탄생의 신 클로토, 수명과 운명의 신
라케시스, 죽음의 신 아트로포스를
가리킨다.

52. 실제로 처형된 날은 1939년 2월
4일이다.

장송행진곡[1]

I

남았어라 저 귀퉁이에 쭈그린 밤의 잔영만이.
빛나고 있구나 우리들의 수줍은 하늘에서 격렬한 불꽃이 되어
(침묵의 나무들 그 가지 끝에 한숨들 매달려 있구나)
이 공허의 가장 높은 곳 저 영광의 장미 한 송이가.

믿어 해로운 것은 감옥이 내게서 앗아간 저 잠이어라
아름다운 주검들에서 생겨날 저 뱃사람들을
나의 비밀스런 복도에서 더욱 아련하게 비추면서
저들의 숲속 깊은 곳을 지나갈 저 도도한 사내이어라.

II

나를 내 안에다가 그것도 아주 영원히 가두어버릴 자는
　　　　바로 스무 살 처먹은 저 간수 새끼!
몸짓 하나로 그의 눈길 하나로, 그의 머리카락을 이빨로 씹으며:
내 마음은 무장을 해제당하고 환장하며 내지른 고함 하나로 그 간수 새끼[2]
　　　　나를 안에다 완전히 가두어 버리는구나.

지나친 선의로 매정한 이 문이
　　　　　도로 닫혔다 해도
너는 되돌아오리. 너의 완벽함은 나를 떠날 줄 모르고
노래하는 네 입이 오늘 뇌까리고 있는 우리의 사랑을
　　　　　나는 들으려 하리라.

독방이 귀 기울일, 폐부를 찌르는 탱고 소리
　　　　　저 이별의 탱고 소리.
너, 왕세자여, 근사한 이 가락을 타고 있느냐?
네 혼은 비밀의 길을 가로지르려 하리라
　　　　　신들을 벗어나기 위해.

III

네가 잠들 때 편편한 네 가슴 위로 숫말들이
한밤에 몰려오리라 그렇게 짐승들의 질주가
저 어둠을 걷어가리라 그곳에서 잠이
뿌리째 뽑힌 저 힘찬 기계를 나의 머리로 안내하리라
　　　　　소리조차 내지 않고

잠이 네 두 발에서 수많은 가지에서 꽃을 피워내리라
그 외침에 질식해 죽을까봐 차라리 나는 두려워하리라.
연약한 네 엉덩이 저 움푹한 곳³에서 읽어내려 하리라
그 모습 사라져버리기 전 네 하얀 피부 위 파랗게 새겨진⁴
　　　　　순수한 저 얼굴 하나를.

그러나 간수 새끼 하나 네 잠을 깨우고 마는구나 오 나의 연약한 도둑아
내 고통 가득 머금고 어지러이 네 작은 숲[5] 주위를 날고 있는
저 새들과도 같은 네 두 손을 씻어내면서 너는
별들처럼 반짝이는[6] 나무줄기[7]마저 눈물 잠긴 네 얼굴 위로
　　　　　부드럽게 부러뜨리는구나.

너의 수의(壽衣)는 영광의 자태를 지니고 있구나
너의 손은 빛처럼 너의 수의를 흩뿌리며 벗어던졌다.
너의 속옷이, 너의 셔츠와 너의 검은 벨트가
내 독방을 기겁하게 만들고 나를 얼빠진 바보로 남겨두는구나
　　　　　아름다운 저 한 토막 상아[8]를 앞에 두고서.

　　　　　　　　　　IV

한낮의 아름다운 밤들이여
필로르주의 어둠이여
그건 바로 당신들의 저 컴컴한 모퉁이에다
날을 벼려놓은 나의 칼이라네.

이런 젠장 나 몸 벗겨져 있다네
나의 저 끔찍한 루브르[9]에
꽉 쥔 네 주먹이 나를 여는 것을
이제 겨우 알게 되니

사랑 아니면 나 아무것도 아니리라
나의 모든 가지들이 활활 타오르리라
내가 낮을 내 안에 흐려놓으면
저 그림자 뒷걸음질 치리라.

　　　　　　　　　　41

마른 내 몸 맑은 대기에서
먼지 되어 사라질 수도 있으리라
벽에 기대고 서서 나는
벼락 내릴 뇌우를 품고 있으리라.

내 태양 저 가슴을
수탉의 노래가 찢어버리려나
하지만 잠이라 해도 결코 거기에다
함부로 제 꿈들 쏟아붓지는 못하리라.

불의 새들이
내 나뭇가지에서 불쑥 날아오를 때
나는 내 소망에 따라
야위어가며 저 침묵을 붙잡으려 하리라.

                              V

본성이 잔인하다고 알려진 귀부인들
그들의 시동들이 제복을 입고 있구나.
이 규방[10]의 배회자들이 밤에 기지개를 켠다
그리고 당신은 그들의 신호를 받고 서둘러 자리를 뜬다.

게다가 우아한 옷 입고 전율하는 이 아무개 소년은
나에게 보내진 천사였다 나는 미쳐서 날뛰는 달음질로
이 독방까지 눈부신 자취를 막연히 뒤쫓았고
그 소년의 거부가 그곳에서 찬란히 빛나고 있었다.

VI

내가 그와 사뭇 다른 음계를 노래하려 했을 때
내 펜은 아찔해지는 저 한 마디에 여러 갈래의 빛으로
뒤엉켜버리고 내 머리 먼저 숙여지고 어리석어
이 실수로 말미암아 나는 곤두박질치고, 결국 그의 막다른 곳
　　　　깊숙한 바닥에 이르게 되었네.

VII

나를 잡아 가둔 영원한 계절을 그 무엇도
더는 불안하게 하지 못하리라. 저 고독의 물이
꼼짝 않고 나를 보살필 것이며 감옥을 가득 채우리라.
그대들 아무리 궁리해봤자 나는 영영 스무 살이어라.

오, 은밀한 아름다움의 아이여 네 마음에 들기 위해
죽을 때까지 나 옷 입은 채 남아 있으리
목 잘린 네 몸을 떠나가는 네 영혼이
내 몸에서 백색의 거처[11] 하나 어지럽히리라.

오, 저 누추한 나의 지붕 아래 네가 잠들어 있다니!
너는 나의 입으로 말을 하고 나의 두 눈을 통해 바라보는구나
이 방은 네 것이며 나의 시(詩)도 너에게서 나왔다.
내 간수를 올라탈 테니[12] 네 마음껏 다시 살거라.

VIII

나의 성벽 뒤에서 울고 있던 사람은 필경
            악마, 너였던 것인가?
흰 족제비보다 더 재빠르게 우리들 사이로 되돌아온
            나의 신성한 장난꾸러기여.

또 하나의 죽음으로 인해 비통한 우리 사랑을 저 운명이
            다시 또 부쉬버리는구나
거짓말하지 말거라 그는 여전히 너 필로르주였다!
            이 상심의 **망령**은 바로 너였다!

IX

뿔뿔이 흩어진 저 숱한 소년들 속에서 내가 찾고 있던 아이는
장엄한 왕자처럼 홀로 제 침대에서 죽음을 맞이하였다.
어떤 은총이 있어 주저하며 그의 발에 신발을 신기고
왕가의 깃발을 하나 들어 그의 육신을 덮어주는구나.

한 송이 장미를 품은 감미로운 몸짓에서 나는
사자(死者)들을 겁탈하는 그 손을 알아보았다!
심지어 어떤 병사조차 감히 하지 못할 그런 일을 너는 혼자 해냈었다
그리고 너는 두려움도 회한도 없이 사자들 곁으로 내려가고 있다.

네 육신에서 그랬던 것처럼 네 영혼에도 암흑의 속옷이
잘 어울리는구나 지정된 무덤을 네가 모독했을 때
너는 번개처럼 줄지어 늘어선 어떤 수수께끼의 행렬마저
한 자루 칼 저 뾰족한 날로 잘라내었다.

우리는 보았다 진주 같은 침을 흘리며
더럽혀진 장미 넝쿨 속에서 산 채로 붙잡힌 채
두 팔 비틀며 쇠로 만든 영관(榮冠)을 대가리에 쓰고 있는
네가 광기에 사로잡혀 솟아오르는 저 모습을.

네 미소 우리에게 전해주려 돌아오자마자
재빨리 다시 사라져버리는 너를 보며 나는 생각했다
깊이 잠든 네 우아함이 다른 어떤 얼굴 하나를 얻어내려
우리에게 말하지 않은 채 또 다른 하늘을 내달렸노라고.

지나가는 한 아이에게서 나는 아주 잘 빚어진 네 몸의 흔적을
살짝 엿본다 나 너에게 하듯 그에게 말하고 싶어라
하지만 그 아이의 몸짓 하나 그의 섬세한 무엇이 너를 지워내고
내 시 속으로 너를 빠뜨려 네가 달아날 수 없게 만들어버린다.

그러니까 어떤 천사가, 값진 제 길을 일구고 또 파괴하는
보트 앞머리의 저 섬세한 프로펠러에서 불어오는 공기를
흔들리지 않고 네 손으로 가르면서, 딱딱한 것[13]들을
가로질러 갈 수 있게 허락하였던 것인가?

우리는 너의 경솔한 탈주에 가슴 아파했다.
멋지게 미끄러지는 회전이 우리의 품에 너를 안겨주곤 했다.
너는 쪼듯 우리의 목을 빨아주었고 우리를 즐겁게 해주려 했다
그리고 너의 손은 이 짧은 머리들을 죄다 용서해주곤 했다.

그러나 이제 너는 내가 찾는 금발의 어린 섹스 파트너로 보이지 않는다.
나는 어떤 낱말에 열중한다 그리고 그 안에서 너를 보고 있다.
절규하는 가시덤불 하나 나는 그 안에서 길을 잃고 헤매는구나.
네가 나에게서 멀어져 가는구나 시 한 줄이 나에게 장대를 내밀어 주는구나

저 하늘은 너를 잡으려고 사신(死神)과 공모하여
가혹하고도 새로운 저 숭고한 함정을 파놓았다 하니
저 사신 눈으로 볼 수 없는 자리 저 높은 곳에 앉아
금빛 실타래 위에서 목매달 끈과 매듭을 감시했어라.

저 하늘은 여전히 꿀벌들의 통로로 사용되었다 한다
저 하늘은 빛과 실을 너무나도 길게 뽑아
마침내 이 경이로운 장미를 포로로 만들었다 한다:
그것은 옆모습만 주어진 아이의 얼굴이었어라.

이 놀이 잔인하다 해도 나는 감히 탄식하지 못하리라
아름다운 네 두 눈을 도려내버리는 절망의 노래 하나
공포에 사로잡혀 네가 꺼져가는 걸 지켜보며 미친 듯 울렸다 한다
그리고 이 노래는 천년이나 네 관(棺)을 떨게 했다 한다.

신들의 덫에 걸리고 그들의 비단으로 목 졸려
너는 그 까닭도 과정도 알지 못한 채 죽어갔어라.
이제 사라질 나의 연인아, 너는 나에게 승리를 거두었으나
내가 억지로 강요할 저 거위 놀이[14]에서 패배했어라.

검은 병사들이 간단히 제 창을 거둬들인다 해도
저 철가면[15]이 순식간에 너를 꼼짝하지 못하게 해버릴 침대에서
너는 도망칠 수 없으리라 너는 날아오르리라
움직이지 못하고 다시 쓰러지리라 그렇게 지옥으로 되돌아가리라.

X

네 망령이 꿈틀거리고 있는 내 몹시 사랑하는 지하 감옥에서
내 눈이 무심코 어떤 비밀 하나를 찾아내었다.
나는 공포가 매듭처럼 이어지는 세계로는 결코
경험하지 못했던 잠들에 빠졌었다.

어두컴컴한 너의 복도는 마음의 굴곡진 길이어라
그곳에서 꾸는 덩어리 꿈들이 소리 없이 시 한 줄로부터
저 닮음과 정확한 엄밀함을 갖춘 기계장치
하나를 만들어내리라.

너의 밤은 나의 눈과 관자놀이에서
너무나도 무거운 잉크의 일파(一派)를 흘려보내니
내가 적시게 될 그 펜은 단발사격의 그것처럼 너의 밤에서
꽃으로 반짝이는 별들을 흘러나오게 하리라.

검은 액체 속으로 나는 나아가리라 애당초 형태 없던
음모들이 그곳에서 서서히 제 모습을 드러내리라.
구원을 요청하며 나 무어라 절규하겠는가? 내 모든 몸짓이 부숴지리라
내 외침은 너무나도 아름다우리.

날이 밝아 드러날 기묘한 아름다움을 빼놓고는
나의 은밀한 비탄을 그대들은 도저히 짐작할 수 없으리.
내가 귀 기울이는 불량배들은 제 수천 번의 장난질을 끝마치고
　　　탁 트인 곳으로 서둘러 몰려가고 있구나.

그들이 지상 위로 상냥한 사절 한 명을 파견하리라
제 길 표시할 시선 하나 갖고 있지 못한 이 아이는
제 임무를 즐거워할 만큼 제 살갗도 무수히 찢으며 거기서
　　　찬란한 광채를 얻어내리라.

범죄를 거듭 저지른 한 청년이 적고 있는 시를 읽고
그대의 얼굴은 수치심에 창백해지리라
하지만 내 어두컴컴한 격정 본래의 매듭들에 관해서라면
　　　그대는 아무것도 알지 못하리라

그것은 청년의 밤을 적시는 저 향기들이 너무나도 강하기 때문이리라.
그 사람 필로르주는 서명하리라 그리고 그의 절정은
장미꽃들이 **죽음**의 아름다운 파장이 솟구쳐 뿜어날
　　　저 환한 단두대이리라.**16**

XI

우연 — 그 가운데에서도 최대의 우연이라! 그 우연이
내가 사랑하는 저 검은 전사들의 팔에 하얗게 자수로 새겨진
죽음이라는 낱말과 함께 **장미**를 내 펜에서 그렇게나 자주 끌어내어
나의 시심(詩心)에 가져다놓곤 했구나.**17**

48

어떤 정원이 있어 나의 밤 저 한없이 깊은 곳에서
꽃을 피울 수 있을 것이며 어떤 고통스런 놀이가 있어 그 밤에
이 목 잘린 장미꽃을 피워내는 일에 전념할 것이며 그 누가 있어
당신들의 웃음 반겨 맞이할 저 백지 위로 소리 없이 올라올 것인가.

그러나 나 그렇게나 많은 말을 했어도 **죽음**[18]에 대해
저 장중한 방식에 대해 명확히 알고 있는 것이 하나도 없어라
죽음은 내 안에서 큰 노력 없이도 살아가는 것이 틀림이 없어라
최소한의 말로 나의 침샘에서 흘러나오는 것이 틀림이 없어라

죽음에 관해 나 아무것도 아는 바 없으니, 혹자는 죽음의 아름다움이
마술과도 같은 제 힘으로 영원을 갉아먹는다 말하리라
그러나 이 순수한 운동은 불발로 끝나버릴 것이며
비극적인 혼란의 수많은 비밀들을 누설할 것이다.

울음 가득한 환경에서 살아가느라 새파랗게 질린
저 죽음이 맨발로 찾아와 내 마음 표면에 제 숨결을
거칠게 내뿜을 것이다 바로 그곳에서 이 숨결의 꽃다발이
숨 막히는 부드러움의 **죽음**을 내게 가르쳐주리라.

아름다운 **죽음**[19] 너의 품에 나 자신을 내맡기리라
그리하면 열려 있는 내 어린 시절 저 가슴 벅차오는 초원을
되찾을 수 있으리라는 사실을 나 잘 알고 있기 때문에 그리하면
혈색 좋은 자지를 가진 이방인 곁으로 네가 나를 안내하리라.

오 여왕이여 강력한 힘이여 나 망령들 떠도는
네 극장의 비밀스런 관리가 되리라.
부드러운 **죽음**[20]이여 나를 데려가다오 나 여기서
네 어두운 도시로 향하는 저 길로 떠나갈 채비 마쳤어라.

XII

단 한마디에 내 목소리 비틀거리고 충격에서 너는 솟아올라
너의 죄악을 망설임 없이 즐거워하는 저 기적에 이르리라!
그러니 말의 덤불들을 끝까지 궁리하기 위해 내가
공들여 다듬는다고 해서 누가 크게 놀랄 것인가?

내게 밧줄 전해주려 감옥 주위에서 밤을 지새우는
친구들아, 풀밭 위에서 어서 잠을 청하거라.
너희들이나 심지어 너희들의 우애에도 나 아랑곳하지 않을 것이다.
재판관들이 내게 내릴 이 행복을 나는 간직할 것이다.

목 잘린 장미 한 송이 나에게 가져다줄 살로메는
네 은구두를 신지 않은 또 다른 나, 바로 너란 말이냐?
끝내 리넨으로 번져나간 피 흘리는 이 장미는
살로메의 머리인가 아니면 세례요한의 그것인가?

필로르주여 대답해보라! 네 눈꺼풀을 좀 깜빡여다오
뭐라고 내게 말을 좀 해보아라 목청껏 노래라도 불러보아라
네 머리카락에 베여 어서 너의 장미 나무에서 떨어져보아라
오, 나의 **장미**여, 한 마디 또 한 마디 내 기도 속으로 어서 들어오거라!

XIII

오, 나의 감옥이여 내 너를 사랑한다 그곳에서 나 늙지 않고 죽으리.
내가 살아온 삶은 끈으로 잡아맨 죽음 위로 흐르고 있어라.
느리고 무거운 이 생과 사의 뒤집힌 왈츠에 맞춰 춤을 추었다
각각 제 고상한 이유를 주구장창 늘어놓으며
       하나가 다른 하나를 마주 본 채.

나에게는 아직도 너무나 많은 자리가 있다 이것은 내 무덤은 아니다
나의 감방은 너무나 넓고 나의 창문은 너무나 순수하다.
태어나기 전의 저 밤 속에서 다시 태어나리라 기대하면서
한결 고상한 신호가 나를 살게 내버려두니 그것은
       죽음을 알아보라는 것인가.

하늘이 아닌 저 모든 것들에 나는 영영 나의 문을
걸어 잠그리라 그리고 나는 아주 젊은 도둑들만을
단 한순간의 친구로 받아들이리라 그들의 완성된 노래에서
내 귀는 얼마나 잔혹한 희망을 품으며 나를 구원해줄 신호를
       몰래 엿들으려 할까.

내가 자주 머뭇거린다 해도 내 노래는 속인 것이 아니니
세상이 시작한 이래 생매장되어 버린 보물 하나의
갖가지 조각들을 저 심오한 나의 대지 아래 저 먼 곳에서
찾으려 하고 늘 같은 측심기(測深機)로 그것들을
       가져오려는 것뿐이다.

만약 그대가 기울여진 책상 위에 몸을 숙인 내 모습
나의 문학으로 수척해진 얼굴을 볼 수만 있었더라면
그대는 저 썩어 문드러진 숱한 것들 아래 감춰진 황금을
찾아내려 하는 이 가증스런 모험에 나 역시 구역질하고 있음을
　　　　　알아챌 수도 있었으리라.

기쁨 가득한 한 줄기 여명이 내 눈에서 폭발한다
맑은 아침과 똑같다, 그 아침 숨 막히는 복도들
저 미로를 가로지를 네 발소리를 지워버리려 누군가
타일 위로 저 카펫 하나, 네 독방의 문턱에서
　　　　　아침의 문들까지 깔아놓았구나.

1. 쇼팽의 피아노소나타 2번 「장송행진곡」의 영향을 받은 것으로 알려진 주네의 「장송행진곡」은 비극적이라기보다 차라리 파괴에 대한 멜랑콜리한 승인, 즉 파괴를 위로하는 데 필요한 승인처럼 그려진다. 삶과 죽음이라는 두 흐름을 상승과 하강, 구축과 파괴라는 이미지에 맞추어 그리고 있다.

2. 프랑스어 'gaffe, gaff, gaf, gafe, gâfe, gaffre, gafre'는 '간수, 보초, 수위' 등을 뜻하는 속어.

3. 'défaut'는 '부족, 결점' 외에 '움푹 패인 부분'을 뜻하기도 하며, 속어로 '항문'을 지칭한다. 따라서 'prendre en défaut'는 '항문 성교를 당하다'라는 뜻을 지니기도 한다.

4. 멍든 상태를 암시한다.

5. 성기 주위의 털을 뜻함.

6. 성교 후의 성기 상태를 은유하는 표현.

7. 가느다란 성기를 뜻함.

8. 재를 담은 그릇.

9. 감옥을 가리키는 속어.

10. 16-7세기 프랑스 상류사회의 부인들이 손님을 접견했던 공간이자 은밀한 정사를 벌였던 곳.

11. 고환을 가리킨다.

12. 'monter'의 번역. '수컷이 교미를 위해 올라타다'라는 뜻으로 해석하였다.

13. "딱딱한 것"은 예술이 솟아오르는 한순간에 대한 형상화이기도 하다. 주네는 알베르토 자코메티(Alberto Giacometti)의 작품에 관해, "형상이 얻어낸 것은 차라리 깨부술 수 없는 단단함"이라고 말한 바 있다(장 주네, 『자코메티의 아틀리에』, 윤정임 옮김, 열화당, 2007, 33쪽). 남성의 성기가 단단해지는 순간은 주네에게 있어 예술이 완성을 넘보는 일시적인 순간이며, 이는 죽음의 한순간이기도 하다.

14. 거위 모양의 말을 주고, 주사위 두 개를 굴려 나온 만큼 전진하고 포획하면서 거위를 모두 일주하게 해야 이기는 게임. 주사위 두 개를 가지고 게임을 한다는 점에서 그간 '쌍륙'으로 번역되기도 하였다.

15. 사신(死神)에 대한 비유.

16. 처형 방식 중 참수형에 대한 주네의 적극적인 지지는 참수된 몸이 꽃으로 변형되어 나타나는 원인이 된다. 주네의 작품에서 나타나는 꽃과 처형의 비유는 이러한 맥락에서 아름다운 기적에 이르는 길이기도 하다. 희곡 「하녀들」에서 꽃이나 나무 등이 주인공을 둘러싼 모든 탈주의 가능성을 금지시키는 장치가 되거나 시들어가고

사라지는 것, 끔찍한 이미지를 불러일으켰다면, 이와 대조적으로, 소설 『장미의 기적』이나 『꽃피는 노트르담』, 시 「사형을 언도받은 자」 등에서는 에로틱한 이미지, 죽음의 메타포, 공감이나 동정, 혹은 적대감과 슬픔 등으로 변형되어 나타나는 등 적극적인 감정적 판단을 동반한다. 이는 주네가 어린 시절부터 꽃과 에로틱한 접촉을 해왔기 때문이기도 하다.

17. 장미는 필로르주의 분신이다. 사형수가 겪게 될 '잘린다'는 행위의 신성함을 주네는 목 잘린 장미로 형상화하며, 장미의 이미지를 통해 시 전체를 필로르주에 대한 오마주로 사용한다. 이렇게 목 잘린 장미는 참수형을 통해 맞이한 죽음 그 자체이며, "영광의 장미 한 송이"(39쪽)로 나타난다.

18. 주네의 작품에서 자연사는 거의 등장하지 않는다. 성스러운 죽음이나 살해된 죽음(『꽃피는 노트르담』), 고갈로 인한 죽음(「칸막이들」), 폭력적 죽음(「하녀들」), 자살을 연구하기 위한 살인(『장미의 기적』), 처형에 의한 죽음이 그의 작품을 지배한다. 죽음의 원인과 이유, 방법, 조건 등을 다양하게 변주하며, 주네는 악 속에서, 그리고 악에 의해 제 삶을 살 수밖에 없었던, 그렇게 해서 죽음의 대상이 된 주인공들에게 장엄함과 성스러움의 지위를 부여한다. 나아가 주네에게 죽음이라는 용어는 부정에 대한 사유,

보다 명확하게는 무(無, néant)에 대한 사유와 연관된다.

19. "아름다운 죽음"은 추상적인 의미에서, '알 수 없음'이나 '무'와 맞닿아 있는 것이 아니라, 의인화의 결과처럼 제시되며, 이는 롱사르의 시에서 받은 영향이 목격되는 부분이다. 「옮긴이의 글」279쪽 참조.

20. 여기서 "부드러운 죽음"은 부정의 이미지가 아니라, 오히려 미지의 세계를 뚫고 들어갈 현실의 틈처럼 묘사되고 있다. 관리는 따라서 그러한 일을 매개해주는 자라고 봐야 한다.

갤리선[1]

거칠고 사나운 갤리선 조역수(漕役囚) 하나 풀려나와
제 동료를 초지[2]에 내던진다 그러자 꽃 모양 창[3]
하나 들어 저 기둥서방 남십자성 살인자 북극성[4]이
또 다른 죄수의 귀에서 금귀고리를 강탈한다.
제일 아름다운 자들이 기이한 질병으로부터 피어오른다.
그들의 엉덩짝 기타에서 멜로디가 터져 나온다.
바다의 거품이 우리를 침으로 가득 적신다.
제 목젖으로 함장은 우리에게 어떤 활력을 불어넣었던가?

누군가 나를 때리겠다고 말한다 나는 그대들의 매질에 귀 기울인다.
아르카몽[5]이여 누가 나를 때려눕혀 그대의 주름에 꿰매어놓을 것인가?

푸르른 팔의 아르카몽이여 네 한밤의 체취와
잠 깨어난 나무들 위를 날고 있는 저 고매하신 여왕이여
그 이름에 두려워 떨며 슬픔에 잠긴 도형수가 내 갤리선
위에서 노래하고 그 노래 내 마음 아프게 하는구나.

천년을 다져온 네 몸짓이 네 맑은 눈의
밤과 함께하는 저 침묵이 쇠사슬과 굴욕으로
무거워진 저 노들을 기둥서방들[6]을 해적들을
바다의 이 황소들을 이야기해 주는구나.

죽음의 줄에 묶여 옮겨온 이 밤들의 무기들
포도주에 꼼짝 못하게 붙들린 내 두 팔
정신 나간 장미에 관통된 콧구멍에서 새어 나오는 창공
거기서 꽃잎 아래 금빛 암사슴[7] 한 마리가 몸을 떨고 있구나….
놀라워라 말[語]의 혈관을 타고 흐르는 강물에 놀라 넋이 나가서
네 추이를 쫓다가 나는 그만 길을 잃었다!

구부린 나의 두 팔에 안긴 네 곱슬머리
네가 간직하고 있는 저 단단한 것을 문 내 입천장에서 악취가
뿜어져 나오게 하라 네 황금 몸통을 펴라 그러면 나는
소금에 절여져 네 가슴팍에 묶여 있는 저 단단한 것을 바라보리라.

반쯤 열려 젖은 꽃들로 장식된 이 관(棺)들에 램프 하나 있어
거기 머물며 내 익사한 꽃들을 밤새워 지켜주는구나.

아르카몬이여 몸을 움직여보아라 조금이라도 네 팔을 뻗어보아라
네가 달아날 그 길을 나에게도 보여줘봐라
하지만 네가 죽는다면 너는 잠들게 될 것이고 저 광기의 여인과 다시 만
　　나게 될 것이다
그 길에서 제 족쇄 풀어버리고 갤리선의 죄수들이 하늘을 날아오를 것이다.
내가 근사한 독방에서 그리했던 것처럼 거기서 그들은
감옥의 더운 포도주로 비틀거리는 항구를 되찾게 될 것이다.

그대가 선율 좋은 소리로 독방에 퍼트리는 저 방귀 소리
추위에 떠는 쇠약한 포주들의 초록색 꽃다발 하나
콧방울 부풀리며 그들을 기다리고 장막 내린
그들의 수레에 힘겹게 올라타야 하리라

타오르는 백지의 저녁 위에 이제 겨우 내려놓은
내 어린 시절이여 어떤 덩치 큰 기둥서방 하나가
제 몸에서 달아나는 잔잔하고도 머나먼 바람을 풀어놓을
저 적갈색 광채에 이 비단을 섞는 일.

그렇게 암사슴은 제 낙엽의 덫에 걸렸구나
여명 속에서 이 암사슴은 네 눈 네 수정에 스며든 투명한 이별을 떨구고
바다에 떨어진 저 한 방울 눈물과 사랑에 빠져드는구나
바다가 있어 그 눈물 환대하리라.

비탄에 젖은 도둑 하나 바다에 있는 도둑 하나.
이렇게 어두운 저 강철 얼굴의 아르카몬이여.
머리칼의 리본들이 진흙 속으로 그를 끌어들인다
아니면 바닷속으로. 그리하여 또 죽음 속으로? 제 대가리 짧게 깎아 손질
　　하며
즐거워하는 포주가 깃발의 주름 속에서 소리 내어 웃으리라.
그러나 죽음은 영리하여 나는 감히 속여먹을 수가 없구나.

겉잠 든 우리 이야기의 저 깊은 곳에 나는 잠기리라 그리고
향기 나는 저 삐친 아르카몬이여 너는 네 목젖에다가 나를
졸라매리라. 달콤한 완두콩 한 알 같은 바다 위에서
죽음에게조차 도둑맞은 너의 소년 수부가 하늘에서 온

검은 병사들[8]에 의해 찢긴 제 입에서 고운 거품을 내며
소용돌이치는 이 물 위에서 저를 구해달라고 요청하고 있구나.
이 소년에게 그들이 거품으로 부드러운 해초들로 옷을 입히는구나.
터번 두른 저들의 자지를 왈츠 추게 하는 사랑이여
(창공에 굴레를 씌우는 암사슴이여 싹트기 시작한 장미여)
밧줄과 저 몸들은 매듭처럼 뻣뻣해져 있었다.
그리고 갤리선이 발기하였다. 아찔한 한 마디 낱말이여.
세계의 깊은 곳에 당도하여 아름다운 질서를 사라지게 하는구나.
나는 족쇄와 끈을 물어뜯는 저 아가리들을 보았다.

서글퍼라 포로가 된 내 손은 숨이 끊어지지 않은 채 죽어버렸구나.
암사슴이 눈[雪]으로 지은 옷 하나 걸치고 있는 곳에서 정원은 아니라 말
    하고
거품으로 짠 수의 한 벌을 암사슴에게 보다 곱게 입히고자
나는 우아함으로 암사슴을 죽여버린다.

우리를 가두고 있는 감옥이 뒷걸음질 치며 멀어지는구나.
꼼짝 않는 주먹 하나 있어 네 포도나무에서 제 비탄을 부르짖으며
맹세를 한 너의 낙엽에 그 차가운 문양에
아르카몬 네 목소리로 나를 얽어매어 놓는구나.
우리 프랑스를 포기하자꾸나 그리고 우리의 갤리선 위에서….
나였던 저 어린 수부는 악당들의 마음을 사로잡았으리라.
꽃들이 둘러싼 곳에서 졸고 있는 아름다운 사람
(덩굴 풀린 메꽃들이여 라 로케트[9]의 장미꽃이여)
저 찬란한 교살자 앞에서 나는 노를 젓고 있었다.
바지 앞섶 뒤쪽에서 생글거리며 그는 방울새들이 날아오를
숭배할 만한 덤불 하나를 꾸미고 있었다.[10]

암사슴은 몽상의 현(絃) 위로 기울어진 갤리선의
노예가 부르는 노래의 숨결을 타고 달아나버렸다.

소금 나무가 제 푸르른 잔가지를 하늘로 내뻗고 있다.
피로 올리는 저녁 예배에 나의 고독이 입술을 바삐 놀리며
금빛 거품의 아리아[11] 하나를 노래하고 있다.
사랑의 아이 하나 장밋빛 속옷을 입고
내 침대에서 황홀한 포즈를 취하려 애쓰고 있었다.
별 하나 제 이빨에 문 창백한 어느 마르세유의 비렁뱅이는
나와 나눈 사랑의 격투에서 패자가 되었다.
내 손은 아편이 적재된 비탄의 짐짝과
별들 총총한 저 깊은 숲을 남몰래 빼돌렸다,
그대 두 눈의 그림자에서 그대 두 손 그대의 주머니를,
침묵이 어둠의 보물 하나 앗아갈 바로 이 독수리의 둥지
명성 가득한 문을 되찾기 위해 나의 손은
온갖 길을 헤매고 다녔다. 나의 웃음은
우뚝 선 바람을 거스르다 깨져버렸다.
내게 방금 허용된 감옥의 공기를 맛보며
낱말도 문자도 없이 쓰인 시 한 편의 유충에게
환멸로 제공된 저 서글픈 잇몸이여.[12]

어둠의 한복판에 대체 어떤 뱃사람의 손톱이
바다의 염기에 닳아버린 제 손톱이 그러나 벽 위로 딱 내 눈높이에서
사념들과 얼굴들과 탄식들과 버려진 우리의 무기들로
엉망이 되어버린 저 피 흘리는 심장들 사이에서
미칠 듯 동요하는 내 눈에서 먹음직한 아우성으로 남겨져
저 안데보란토[13]의 이름을 뼈까지 찢어버릴 것인가?

61

말[語]들이 늘대나 다름없는 저 밤에 싸우지 않을 자에게는
해독될 수 없는 이름이 반짝이는 손톱을 갖게 될 것이다
치욕에 격분해왔던 저 쾌활하고 긍지 높은 아이가
어떤 백작의 빳빳한 자지로 바짝 조여졌었다.
누군가 난폭하게 주먹과 무릎으로 그를 구타했다.
벼락 맞은 수컷들이 우리들 위로 굴러떨어졌다.
(무릎들 빛과 진흙으로 반질거리는 무릎들
무릎들 부르르 떨리는 교각 위로 꿇린 저 무릎들
무릎들 물속에서 격분하고 있는 저 숫말들
관[冠]을 두른 무릎들 수부들의 엉덩짝)
태양의 장미가 군도(群島) 위에 꽃잎을 떨구고 있었다.
배가 신비로운 해리(海里)를 내딛고 있었다.
광인들처럼 멈출 줄 모르고 진행되고 있었던 입맞춤의
어떤 이치를 누군가 낮은 목소리로 외치고 있었다.
깨지지 않을[14] 저 소년 수부의 깨지기 쉬운 잔영을
내 속에 고인 물이 거품 위로 길게 늘어뜨리고 있었다.

맙소사 그대의 이빨이, 그대의 눈이 내게 베네치아를 이야기한다!
그대의 저 회양목 같은 두 발 저 우묵한 곳의 이 새들!
그대의 두 발에 묶인 이 쇠사슬 나의 나태가
나를 거기로 데리고 갈 과오보다도 더 무겁게 만들 이 쇠사슬!
기뛰르[15]가 수많은 말 쏟아내고 커튼이 밀고를 하리라.
창유리의 수증기를 너는 손가락으로 그러쥐리라.
지붕들의 바다 위로 네 아름다운 시선이 길을 잃을 때
부드러운 네 수면 시작되고 네 입가에 주름 잡히리다.

파도와 바람으로 근사하게 몸을 다진 한 청년

그의 자지[16]가 내 여성 스커트에 휘감겨 빨리는 걸
내가 자주 보았던 그의 찢어진 저 아가리
이 청년이 깃발들의 한복판을 잘 통과하고 있었다.
조롱받은 스무 살 저 불쌍한 조역수 하나
활대에 못 박혀 죽는 제 모습을 쳐다보고 있었다.

아르카몬이여, 머리를 뒤로 젖혀
어떤 몽상의 물에 얼굴을 담그고 너는 잠을 자는가
너는 나의 모래 위를 걷고, 거기서 네 말랑말랑한 불알은
기이한 방식으로 묵직한 과실이 되어 나의 눈앞에서
요정 나무에서 핀 꽃이 되어 산산이 부서져 떨어지는구나.
너의 숨막혀하는 목소리에서 나 죽을 만큼 사랑하는 것
그것은 바로 이 긴장한 북을 한껏 부풀어 오르게 하는 뜨거운 물이다.
이따금씩 너는 의미를 상실한 말 한 마디를 흘린다
하지만 말을 머금은 그 목소리는 말이 목소리를 파열시킬 만큼
부풀어 올라 아주 육중해진다 그 상한 목소리에서
나병 걸린 피의 파도가 네 턱 위로 흘러넘칠 것이다
자랑스러운, 분노하는 전사보다 더 자랑스러운 나의 굵은 자지[17]여.

어린 나무 가지가지 겨우 묶인 다른 꽃들을
나는 훔쳤다, 꽃들은 웃으며 달음질치고 있었다
나의 잔디와 가로누운 내 그림자를 밟고서
나에게 물을 튀기는 그렇게 그 물에 젖는 이 장미들.

(줄기를 손으로 세게 쥐니 꽃부리가 다시 발기한다
꽃부리는 깃털로 사지는 납으로 되어 있다)
뒤쪽의 정교한 타격으로 좆물이 뿜어져 나오고

그들의 거친 애무에 숙명의 노래가 울려 퍼진다.

저녁 무렵 규방에서 빠져나올 그대 뜨거운 꽃들이여
저 잔혹한 불꽃들의 저 축축한 주름들의
젖은 깃발 속으로 나는 홀로 틀어박히리라
아름다운 꽃들이여, 너희 중 누가 있어 내 마음을 풀어주려나?

우리 웃음의 나라만큼 상쾌한 나라일까?
암초 위로 눈이 내리는구나 당신의 혀 복부 위에서
쪽빛 해초의 소금을 핥고 있구나 그리하여 네 몸에서
노래는 맵시 있는 리라[18]처럼 울려 나올 것인가?

거기서 암사슴 하나를 쫓는 일은 거듭해서 차츰
내가 고안해낼 놀이다. 그러니까 누군가
암사슴의 젖은 외투 속에서 아주 부드럽게 튀어 올라 넣고 빼기를 반복
    하여
결국 감동받을 한 명의 여왕을 만들어낼 것이다.[19] 그러면
존경심에 얼어붙은 나는 초췌해져 포로가 되어버린
여왕 하나를 네 얼굴 주위에서 다시 찾아내리라.
날개 달린 나의 구두 안에서 목젖을 횡단하려는 저 여인처럼
아름다운 암살자 아르카몬이여 어서 잠을 청거라.[20]

모든 것이 가능했던 바스러지기 쉬운 이 순간에
놀랐으나 뜻밖에 평온했던 저 바다로 우리는 나아갔었다.
무질서 상태의 갤리선은 기묘하기보다 감미로운
아름다움을 뿜어내고 있었다 매혹된 표정 하나
절망의 기운 한 자락이 그 축제와 함께하였다.

(고요한 폭풍 위에 이런 평화가 눈처럼 쏟아져 내리다니!)
바이올린 연주와 왈츠의 춤곡들. 배는 두 팔 위로
기둥들의 밑둥들의 밧줄들의 또한 반신상들의 저 성스러운 화물을
불길한 예감으로 부둥켜안고 있었다. 대양은
제 무른 껍질 아래에서 넘실대고 있었다.

하늘은 제 미사를 올렸다, 하늘은 우리들 가슴의 박동을
헤아릴 수 있었다. 아름다움이 몸을 떨게 했던
이 두려운 질서의 엄중함은 가혹하였다.
말없이 궁전²¹을 가로질러 어딘가로 향했으나
장중한 사신이 벌써 그곳에서 제 삶을 보냈었구나.
나는 대기로 다시 오를 마음도 힘도 없었다
가장 아름다운 내 친구들이 이 세상에 그리고 묘지의 공기에
잘 적응한들 대체 무슨 소용이란 말인가.
해맑은 아이들 죄다 돛으로 하늘을 날고 있었다.
몽상이 당신을 데리고 전속력으로 질주하고 있었다.
부서진 화환이 사신의 두 발까지
사랑으로 묶였고, 사신은 조롱을 당하였다.
탈주하는 이 아름다운 세계를 조금 덜 비참한
이집트의 그것보다 더욱 단단하고 견고한
영원 속에서 붙잡았다는 사실을 나 알고 있었기에
나는 꼼짝 않고 공포로 가득한 한순간을 살아왔다.

세 남자가 만든 튼튼한 매듭으로 목을 졸라
우리는 황소들을 떠나보냈다. 염풍(鹽風)의 손이
죄악을 용서해주었다. 이 갤리선은
분노의 하룻밤에 의해 깨져버린 회전목마였다.

저 신비로운 우아함이 내 두 눈을 이렇게 놀라게 하다니!
숭고한 기념비, 관을 갖지 못한 저 유해들이여
화환도 없는 저 관들이여, 우리는 그저 몽상으로
향기에 젖은 채 속고 있었다.

                                  해면으로 된 그대 두 손을 쥐어짜시오!
소금기 밴 내 몸통에 그대의 저 사랑의 손가락 대어보시오.
형태 없는 우회로에서 어찌 돌아올지 나 알 수 있으리.

손가락 끝에 걸린 안개여 내가 네 옷자락 만지면
짐승아 너는 푸른 대기가 되기 위해 녹아버리리라.
네 기묘한 눈알에서 말라버린 네 발 위로 굴러떨어지는
한 방울 눈물이 너 암사슴을 나에게 엮어주는 것이 분명하구나.

히스 덤불이 장밋빛으로 부풀어 부채 하나를
네 볼 가까이로 가져간다[22] 숨결이 침묵을 시들게 한다.
잡목 우거진 숲이 느리게 움직이며 그림자 안에 웅크러든다[23]
나는 따라서 홀로 남겨질 것이다. 누가 숨을 내쉬고 또 앞으로 나아가는가?

밤이라? 하늘에 닻을 내리지 못했던 배 한 척이
너의 숲에서 깨어난다. 영리한 암사슴이여 네 귀는
숫사슴 뿔의 달콤한 소리를 듣고 네 손가락은 황금빛 대기를 선명하게
    가르며
이 얼음을 깨고서 그들의 속삭임에 귀를 기울인다….

다발로 엮인 줄에 매달린 숱한 독살자들
도형수들이 나이를 가리지 않고 서로 성교를 한다.

위대한 피로에 젖어 잠에 빠진 아이 하나
토해낸 정액으로 범벅 되어 다시 벌거벗겨졌다.
그리고 범선의 가장 격심한 흐느낌이
별의 잔가지처럼 취해져 교미를 하고
내 목덜미 위로 어떤 청년의 가슴과 입술을 내려놓았다
관 하나를 씌웠다 파멸을 끝내 완성하였다.
당신의 땅을 되찾으려는 나의 노력은 헛것이었다.
나의 머리는 냄새 풍기는 몽상의 저 침대 바다들
깊은 곳에서 말하려야 말할 수 없는 저 터무니없는
깊이에 이르기까지 악취와 고독에 빠져들었다.

갑작스러운 저 그리스의 굉음이 배를 흔들어버려
그 배 최후의 미소 속으로 사라졌다.
은어(隱語)[24]의 하늘에서 첫 번째 별이 피어났다.
그것은 밤 그 사람의 이름 그 사람의 침묵 그리고
탄식하는 덤불 속에서 살았음을 인정하는
어느 매력적인 조역수의 외침이었다 그 덤불 속에서
이 암사슴은 밤의 인간을 애도하며 울고 있다 그의 게으른 바지는
방자한 나의 배를 위해 천으로 된 교각을 낮추어주었다.
물장미가 나의 푸르른 손가에서 닫힌다.
(내 긴 자지의 도약에 맞추어 에테르가 떨리기 시작한다.
내 자지가 횡단했고 또한 차가운 대로들을 맹렬한 걸음으로
주파하면서 네가 벌거벗은 저 별들에 이르기까지
되돌아오는 일 없이 뛰어 오르며 비탄에 잠겼던
저 입안 깊숙한 곳에 밤의 비로드가 깔려 있다)
아르카몬이여! 너는 하늘에 널리 퍼지고 이내 구겨지는구나
맑은 하늘은 어두워졌지만 그래도 즐거운 몸짓으로 가득하구나.

기사 하나 있어 얼어붙은 별들 저 태양계를 지나
하늘에서 갤리선을 향해 노래를 불렀던 것이었다.

구름과 영겁의 밤을 타고 넘으며 그 누가
꿀벌들을 부르고 있는 처녀 마리아의 발 위에서
권태의 저 순결한 하늘로 갤리선을 붙들어 놓았는가?
별들이여 나 그대들을 토해낼 것이다 나의 고통은
아르카몬 네 손 죽어서 매달린 바로 그 너의 손과 다르지 않다.
오, 나의 덩굴장미여, 너의 두 다리 두 팔을
내 주위에 휘감아보아라 하지만 네 날개는 다시 접어라
줄도 끈도 그 무엇도 나뒹굴게 내버려두지 말자꾸나.
흔적도 없이 외출을 하자꾸나 네 얇은 속옷 아래에서
굴러가는 소리에 내가 귀를 기울일 저 마차에 어서 뛰어오르자꾸나.

허나 나에게 더 이상의 희망은 없다 누군가 이 가는 자지들을 내게서 잘
　　라내었다
열일곱 살에서 스무 살 먹은 밤의 기둥서방이여 아듀.

밧줄로 칭칭 감긴 장밋빛 목덜미의 아르카몬이여
나 알지 못하는 달이나 어디 바다로 여행을 가자.

오, 목 잘린 나의 미녀여 너는 매 걸음마다 물결무늬를 만들고
곧 일그러질 너의 저 농염한 향기를 뿌리면서
물밑에서 걷고 있구나 그런 다음 너는
서서히 궁륭 품은 미궁[25] 하나를 지날 것이다.
너의 늪 저 물속에서 검은 갈대밭이 떠돌고 있을 것이다
어떤 실타래 하나가 여왕의 수레에 하나가 다른 하나를

68

비끄러맨 말들보다 더 힘센 죽음의 풍문 실타래 하나가 네 상반신에 네
  두 팔에 휘감기리라.

1. 노를 주로 쓰고 돛을 보조적으로 사용하는 반갑판(半甲板) 군용선. 그리스·로마 시대 지중해에서 주로 사용되었다. 중세에서 17세기에 이르기까지 지중해 각국에서는 죄수를 동원하여 강제로 전투용 갤리선의 노를 젓게 하였다. 갤리선은 속도가 매우 빨랐으며 기동력도 뛰어났다고 전해진다. 한편 이 작품은 전체가 탈주와 사랑에 대한 욕망을 노래한 메타포이며, 그런 의미에서 주네의 소설『장미의 기적』에 대한 상호 텍스트로 읽어야 한다. 「옮긴이의 글」288–9쪽 참조.

2. 도형장의 은어.

3. 남근에 대한 비유.

4. 'marlou'는 기둥서방, 포주나 뚜쟁이를 의미한다. 그러나 동성애와 관련되어 쓰일 때, 둘 사이에서 지배하는 역할을 맡는 사람을 일컫는 속어이기도 하다. '남십자성', '북극성'은 갤리선 죄수의 별명.

5. 주네의 옛 친구로, 작가였다. 서른 살 무렵 퐁트브로 감옥으로 가게 된 주네는 아르카몽이 살인죄로 사형을 언도받고 이 감옥에서 처형을 기다린다는 사실을 알게 된다. "나는 퐁트브로 형무소에 수감되기 위해 상테 형무소를 떠날 즈음 이미 아르카몽이 사형 집행을 기다리고 있다는 걸 알고 있었다. 그래서 나는 도착하자마자 메트레 감화원의 옛 동료인 아르카몽의 신비에 사로잡히고

말았다. 그는 우리 감화원 동료들의 모험을 가장 격조 높은 지점까지 밀고 갈 수 있는 자였다. 그것은 바로 모두가 영광스럽게 생각하는 단두대 위의 죽음이다"(장 주네,『장미의 기적』, 박형섭 옮김, 뿔, 2011, 10쪽). 주네의 두 번째 소설『장미의 기적』은 주네가 퐁트브로 감옥과 퐁트브로 근처 메트레 감화원에서 아르카몽과 함께 보냈던 시절을 바탕으로 동성애 체험을 그린다.

6. 'marle'는 'marlou'의 동의어로 쓰였다. 주석 4번 참조.

7. 황금빛 암사슴을 뜻하는 'biche dorée'는 '피곤에 지친 소년'을 의미한다. 주네의 메트레 감화원 시절을 환기하는 표현이다.

8. 'joyeux'는 남성 복수 명사로 쓰일 때 '아프리카 군인'이라는 뜻을 가지며, 속어로는 '불알'(여성 복수 명사)을 의미한다.

9. 주네는 15세 때 파리의 라 로케트 소년원(La Petite-Roquette)에 수감된 적이 있다.

10. 라 로케트 소년원 수감 시 주네가 아르카몽과 항문 성교를 했다는 사실에 대한 비유.

11. un air de bulles d'or. 종교적인 의미로 해석될 수 있는 구절이다. 황금문서의 가곡, 교황의 금으로 만든

도장의 아리아, 금인헌장(金印憲章)의 아리아 등으로도 이해가 될 수 있지만, 맥락상 성적인 이미지를 살려 번역하였다. 금빛이 주로 동성애 대상 미소년을 은유하는 바, 소년의 침에 대한 비유로 볼 수 있다.

12. 마지막 네 행에서 주네는 실제 감옥의 체험을 반영한다. 「옮긴이의 글」 276쪽 참조.

13. 마다가스카르 북동부 해안 지역.

14. 시 「사형을 언도받은 자」에서와 마찬가지로, 동사 'casser'(깨지다, 부숴지다)는 강간당하는 행위를 의미한다.

15. 손으로 듬성듬성하게 짠 레이스.

16. 'pipe'(파이프, 담뱃대, 구강성교)의 번역어.

17. 'mandrin'(굴대)의 번역어.

18. 하프와 비슷한, 고대 그리스의 작은 현악기.

19. 순진하고 아무것도 모르던 어린아이(암사슴)를 점점 성적으로 익숙하고 농염한 여왕처럼 만든다는 의미.

20. 감옥에서 만난 어린 동성애 파트너인 아르카몽은 더 이상 어린아이(암사슴)가

아니라 여왕, 즉 최고의 섹스 파트너가 된다.

21. '궁전'이라는 의미의 'palais'는 입천장을 가리키기도 한다.

22. 성기를 입 근처로 가져감에 대한 비유.

23. 구강성교의 이미지.

24. 주네 작품 전반에 등장하는 은어들은 '도둑', '가난뱅이' 등과 연관된 것들이 주를 이루며, 특히 사회적으로 소외된 집단이나 특정 무리(죄수, 집시, 매춘부 등)의 특수한 언어 세계를 반영한다. 주네가 가장 빈번하게 사용한 은어는 감옥과 관련된 용어들, 성행위와 성기에 관한 것들이었다. 주네는 자신이 사용한 은어들 가운데 유일하게 반영하지 않은 것은 부르주아 집단의 은어였다고 밝힌 바 있다. 『장 주네 사전』, 31쪽.

25. 사후 세계를 의미한다.

파라드[1]

침묵하라, 오늘 밤을 새워야만 한다
각자 자기편을 잘 지켜야만 한다.
눕지도 말고 앉지도 말아야만 한다
사신의 검은 휘장(徽章)이 당도한다

심장을 찔러야 하고 피로 물들일 키스로
심장에서 꽃을 피워내야만 한다.
밤을 지새워야 한다 그리고 저 여명이
밝게 비추는 줄에 매달려야만 한다.

키 큰 저 매혹적인 아이는
눈 묻은 발로 네가 오를 탑이다.
네가 치장한 가시덤불 속으로
수치의 장미꽃들이 제 몸을 숙인다.

누군가 동편 안뜰에서 노래를 부른다
침묵이 사람들을 잠에서 깨운다
어둠을 가르는 침묵 그것은 바로 우리가
당당한 항문 성교자들이라는 것.

또다시 침묵하라 밤을 새워야만 한다
하늘이 네 베개 위로 머리털을 쥐고
네 머리를 거두어가려 할 때조차
사형집행인은 그 축제를 알지 못한다

6월 17일에서 18일에 이르는 밤사이 3만 명의 청소년들이 파라드 수용소에서 사형에 처해졌다. 수백만 개의 별들이, 운모의, 설탕의 파편들이, 가시덤불이, 인동덩굴이, 작은 종이 깃발들이, 하늘에 휘날리는 전단들이, 강물의 영예로움이, 아이들의 여름방학이, 애도가, **부재**가 협조하려 애를 쓰고 있었다.

그것도 모르고서, 언론은 뱀을 부리는 사람이, 밧줄에 묶여 반쯤 죽은 상태로 항문 성교를 했던 이 아이에 대해 많은 말을 늘어놓았다.

그대에게 상복을 입힐 저 원죄의 노예들이여
그대는 거품 나는 내 두 팔목으로 살인자를 비틀어 버리리라.
그의 절규, 그의 푸른 범죄가 그대를 드러내고
죽음으로 뒤덮어버릴 저 잉크를 그대의 눈에서 말려버릴 것이다.

오, 나의 창백한 도둑들아, 이 신들의 아이를 보살펴주어라,
그가 뒈져 버리겠구나! 이것은 그의 죽음 그대의 검은 제복이로구나.

이제 아이가, 나뭇잎 같은 제 발목이 잠을 청하게
하늘의 저 아래 짚 더미 위에 눕는구나.

악인이여, 훗날 감히 나를 깨물 것인가
내가 **군주**의 시동이라는 사실을 명심하거라
그대는 내 작은 보트 아래 잔파도처럼 내 손 아래에서 뒹굴 것이다
오, 내 숲의 애물이여, 그대의 파랑(波浪)이 나를 부풀어 오르게 하는구나.

내 손가락에 감싸여, 쫙 눌린 내 애물이여.

I

피 뿌린 길 따라 내 입으로 되돌아온
수풀 유리에 환히 비치는 저 나그네
달²을 짊어진 손가락과 잠에서 깨어난 발걸음
나는 듣는다 내 잠자리 위에서 밤을 두드리는 저 소리를.

II

나 자신 끝 간 곳에서 되돌아오는 그대의 영혼은
빈둥거리던 길 위에서 하늘 한 뼘의 포로가 되고
그 길 위 도둑의 하룻밤이 내 손의 하늘 아래
시 한 수의 저 파인 곳에서 한결같이 잠을 자고 있었다.

장밋빛 눈사태는 우리 이불 사이에서 사망을 고한다.
근골의 이 억센 장미꽃 깊은 잠에 빠진
오페라극장의 샹들리에, 양치기 여인의 손이
우리 곁에 가져다놓을 저 어두운 절규와 고사리들
　　　　그 장미꽃이 잠에서 깨어나는구나!
이야기여, 애도의 밧줄 아래 어서 출항을 준비하라!
꿀벌 어지러이 나는 하늘의 저 흔들리는 나팔이여
내 투사(鬪士)의 저 경련하는 두 눈썹을 진정시켜다오.
땀투성이 장미에 묶인 저 몸을 단단히 졸라매다오.
그가 아직도 잠자고 있다. 천사들의 잔혹한 사기꾼을
우리가 알 수 있게 하려고 또한 배배 꼬인 이 뱀들,
그 겁먹은 눈[雪]에 의해, 호화로운 눈물에 젖은
보다 기묘하고 어두운 나의 죽음이, 꽃들 사이에서
깨어날 수 있게, 나 그를 기저귀로 칭칭 감으려 한다
오, 금박 입힌 목소리여, 억센 싸움꾼 아이야
내 손가락 위로 네 눈물을, 여기서는 두 눈을, 다른 곳에서는
내 도둑 앞에 펼쳐진 가벼운 이 손으로
　　　　마련한 낱알들을
꿈꾸듯 쪼아 먹었던 한 마리 저 암탉의
부리에 뽑혀 나온 내 두 눈에서 네 눈물을 흘려보내라

별들과 가지들³로 꿰뚫린 너의 저 푸르른 두 발
너는 나의 해변 위를 내달리고 내 손 안에서 날뛰고 있구나
하지만 네 웃음이 불을 댕긴 이 사랑을
너의 그 무정한 두 발로 사정없이 짓밟아버려라!

너는 나에게서 깨어난다 내 이빨의 유령
그들처럼 신속하게 계단 주위를 아주 빨리 배회하려면
너로 인해 나의 고독이 네가 되게 하려면 기⁴가 아니면
번식한 내 마음이 아니면 안 될 것이다.

그러나 나를 섭렵하려면 네 신발을 벗어던져라.

1. 'parade'는 열병식을 뜻하지만,
여기서는 이와 동시에 가상의 지명을
지칭한다. 주네는 이 가상의 지명을
처형장으로 그리고 있다.

2. '달'은 엉덩이의 은어로 쓰였다.

3. 쇠사슬의 속어. '별'과 '가지'는 여기서
다분히 성적인 용어로 쓰였다.

4. Guy. 『도둑 일기』의 등장인물이며,
『장미의 기적』 속 인물 뷜캉의 모태가
되었다. 그는 1919년 루보에서
태어나 1931년 메트레 감화원에
수감되었는데, 주네가 이곳을 떠난 지
2년째 된 해였다. 이후 수없는 범죄를
저지르며 여러 감옥에 수감된다. 주네는
1944년 3월 6일 마크 바르베자트(Marc
Barbezat)에게 보낸 편지에서 기를 두고
"『장미의 기적』의 모태"가 된 인물이며,
"당신이 그를 사랑한다면 그것은
『장미의 기적』의 뷜캉인 그를 사랑하는
것이다"라고 기술한 바 있다. 『장 주네
사전』, 383-4쪽.

사랑의 노래

뤼시앵
세느모[1]에게

양치기여, 네 양들 잠든 하늘에서 내려오라!
(아름다운 겨울이여, 어느 양치기의 솜털에 내 너를 맡긴다)
내 숨결로도 여전히 네 성기에 성에 가득하다면
여명이 깨지기 쉬운 옷 입혀 그것을 없애주리라.

동틀 무렵 사랑을 나누는 것이 문제인가?
그들의 노랫소리 아직 목동들의 목청 속에 잠자고 있다.
이 대리석 무대 위로 우리의 막을 올려보자,
그리하여 졸음이 점점이 박혀 허둥대는 네 얼굴.

오, 네 우아함이 나를 압도하니 나는 기절을 하겠구나
군도의 혼례 그 저녁 무렵에 맞춰 입혀놓은 저 아름다운
범선. 높이 솟은 저 돛대! 차마 모욕하기 어려우리
오, 나의 암흑대륙이여 크나큰 비탄에 젖은 내 옷이여!

황금 다발이 된 저 분노 신을 벗어난 한순간
(그는 숨을 내쉬며 잠을 자고 있다) 그대에게 돌려주어 마음 놓이네.
그대 손길에 도움받아 나는 저 하늘이 강림을 하며
우리 두 눈에 하얀 장갑을 내려놓으려 한다고 믿으리라.

그의 부드러움이 너를 따로 떼어놓고
섬세한 네 이마 위로 11월의 비를 뿌릴 것이다.
어떤 어둠이 어떤 아프리카가 있어 네 사지
한 마리 뱀이 사는 새벽의 박명으로 감쌀 것인가!

뒤집힌 나뭇잎의 왈츠와 방황하는 안개여
어떤 나무에다가 바람의 꽃, 이 스카프를 매어놓을 것인가?
내 손가락이 그대 하프 나무에 매달린 얼음을
머리칼을 풀어헤치고 선 등심초 소녀를 깨부순다.

비스듬히 걸려 있는 개암나무 어린 싹 하나가
내 모자 가장자리에서 내 귀 간지럽힌다.
그대 목에서 나는 한 마리 새가 횡설수설하는 소리를 듣는다.
나의 말[馬]들이 오솔길에서 선 채 잠자고 있다.

방심한 눈이 저 바다의 어깨를 애무할 때
(나의 샌들은 날개²가 뜯긴 채 젖어 있다)
나는 느낀다 이끼로 뒤덮인 네 열기에 내 손 부풀어 오르는 것을
보이지 않는 저 하얀 양 떼가 허공을 가득 채우는 것을.

나의 어린 양들이 네 엉덩이에서 네 목덜미까지 뜯어 먹을 것이다,
질 좋고 햇볕에 잘 그을린 풀잎 하나 베어 먹을 것이다,
네 목소리에서 아카시아 꽃들 굴러다니니
벌이 날아 그 꽃들의 메아리에서 꿀을 훔치려 할 것이다.

허나 바다를 배회하는 자들의 저 초록색 깃발은
어딘가에서 밤을 새워야 할 것이다, 극지에서 휘날려야 할 것이다.
저 밤을, 저 창공을 흔들어, 그대의 두 어깨에 뿌려야 할 것이며
모래에 묻힌 그대의 두 발에 공기의 샘을 뚫어야 할 것이다.

벌거벗겨 나를 저 숭고한 푸른 계단 위로
다시 오르게 하려 꿈의 파도 속으로 가라앉으며
내 입술에서 두 손가락 거리에서 계속 사라지다 지쳐
수평선은 그대의 굽은 두 팔 안에서 잠들어 있었다.

다미앵³이여 그대의 벌거벗은 두 팔은 나의 밤을 잡아 찢으며
말 울음소리를 낼 것이다. 저 검은 말들이 깊은 물 가득한 배를
째버리는구나. 배에서 태어난 반인반마여, 질주하여 어서 빨리
나를 데려가다오. 잠이 나를 빠져나가가면 곧 죽어버릴 흑인의 팔이여.

나는 그들의 콧구멍을, 리본과 장미로,
벌거벗겨진 소녀들을 머리카락으로 꾸며주었다
개울 위로 내 팔을 길게 뻗어 나는
저 환히 비치는 그들의 옷을 애무해주고 싶었다!

그대의 강경한 어깨가 내 손을 뿌리쳤다:
그 어깨는 유순한 내 손목에게 미안해서 죽을 지경이어라:
거절되어 헛되이 안달하는, 하지만 더욱 민첩해진 저 손
(진홍빛 손톱을 지닌 어느 도둑의 다섯 손가락).

91

길가에도 숲가에도 너무나 많은 손들:
그대 목 주위의 손 벌거벗은 채 살고자 했던 그 손
그런데도 그대의 두 눈에 고작해야 괴물로 비친다면
손 위에 뒤꿈치 올려놓고 나 그대 발가락에 입맞춤하리라.

불의의 습격으로 사살당한 한 병사가
하얀 석회 벽을 피로 물들이면서 나에게 미소 짓는다.
나뭇가지 여기저기 걸려 있는 저 사연의 조각들,
그리고 저 썩은 발가락들 위 저 풀 속의 손 하나.

나는 뼈까지 드러난 어떤 나라를 말하는 것이다.
두 눈에서 향기를 뿜어내는 프랑스여, 그대는 우리의 자화상이다.
밤들처럼 부드러운, 필시 그보다 더할 그리고
밤처럼, 차마 말로는 다 못할, 오 부상당한 프랑스여.

천으로 싼 스무 개의 북 그 소리에 저 느려터진
예식. 시가지에서 끌려다니고 있는 저 벌거벗은 시체들.[4]
달빛 아래 금관악기 행렬 하나 우거진 그대의
계곡에서, 밭을 가는 시간에 지나가고 있다.

녹아버릴 저 애처로운 손! 그대 아직도 풀밭에서
요동치고 있구나. 돌 더미 위의 저 상처, 저 피에서
과연 누가 태어날 것인가, 어떤 시동과 어떤 덤불 속 천사가
나를 숨 막히게 할 것인가? 어떤 병사가 그대의 죽어버린 손톱을 거두어
  갈 것인가?

굽은 바다를 곱게 펴는 이 발치에 나 자신을 눕힐 것인가?
아름다운 사랑 이야기: 마을의 어떤 아이가
바닷가를 방황하는 초병을 사랑하고 있다
내 손의 용연향이 거기서 철(鐵) 남자를 끌어당기고 있다!

그 상반신에서, 잠들어 있는—기묘한 자세로
크림 가득 발린 아몬드처럼, 별처럼, 오 둥글어진 소녀여—
가로수 길 창공에서 울려 나오는 핏소리의 여운
그것은 바로 내 잔디 위에서 울고 있는 저녁나절의 맨발.

이 모양은 장미의 그것 이 모양이 그대를 순결하게 지켜주리.
이 모양을 유지하시오. 저녁 어둠이 벌써 그대를 감싸고 있다
시트로 몸을 감싸고 벽에 기대어 선 채 이윽고
(그대의 옷을 죄다 벗고서) 그대가 내 앞에 나타난다.

나의 입술은 서툴게 흔들리는 접힌 이 꽃잎의 언저리에서
떨어지는 물방울을 빨아내려 덤빈다, 그 유액은
여느 비둘기의 목처럼 내 목을 부풀게 한다.
오, 그대로 있어다오, 방울 맺힌 장미 한 송이여.

가시 돋친 저 바다 열매들이 내 몸에서 네 빛을 벗겨낸다.
하지만 저녁 무렵의 섬세한 손톱은 껍질을 찢어낼 줄 알 것이다.
내 장밋빛 혀로 온 힘을 다해 이 언저리를 들어 마실 줄 알 것이다.
저 가짜로 쪽 진 황금빛 머리에 내 마음 붙잡혀

너의 성기에 달라붙은 저 쓰디쓴 바다에서
산 채로 매달려 구토할 수도 없이 뒤집혀져
나는 꼼짝도 하지 않은 채 엄청난 보폭으로 누비리라
잠드는 나를 네가 지켜보고 있는 선의 없는 이 세계를.

나는 바다 아래를 구르고 그 위에서는 너의 파도가
네 폭풍으로 뒤틀린 저 차축(車軸)들을 움직이고 있다
하지만 나는 아주 멀리 갈 것이다 저 하늘이 나를
수평선 실을 들어 침대 시트에 공들여 꿰매어 놓았기에.

희망도 없이 나는 네 집 근처를 떠돌고 있구나.
슬픈 내 채찍이 내 목에 걸려 있구나. 나는 지켜보리라
덧문 사이로 아름다운 네 두 눈을 저 덩굴로 뒤덮인 정자(亭子)들을
저녁이 스러져갈 이 군엽(群葉)의 궁전들을.

너저분한 가락을 휘파람으로 불며, 냉혹한 눈매로 걸어가거라,
저 골풀 속에서 네 뒤꿈치 병아리들을 짓밟아 뭉개며
바람 속에서 4월의 아침 공기를 황금빛 조개 모양으로
잘라내버리고 저 창공에 채찍질을 하거라,

하지만 지켜보거라 그가 파멸하는지 네 발 아래로 시들어 떨어지는지
오, 너, 나의 맑은 기둥이여, 한밤의 가장 연약한
별이여, 저 섬들의 레이스와 백설 사이에 낀
네 두 황금 어깨여, 편도의 저 하얀 손가락이여.

1. 주네는 1945년 뤼시앵 세느모(Lucien Sénemaud)를 만났다. 그는 이때 18세였고, 군인이었다. 이후 뤼시앵은 도둑질로 몇 차례 수감되었다. 주네는 그에게 칸 근처에 땅을 사주어 경작을 하게 했고, 숙소를 제공해 주었으며, 그가 직업을 갖거나 가족을 꾸릴 수 있도록 도와주었다(미리암 벤디프실라스, 『주네, 프루스트: 교차로』, 라르마탕 출판사, 2010, 101쪽). 「사랑의 노래」뿐만 아니라, 희곡 「엄중한 감시」의 수고본에는 이 작품을 뤼시앵에게 헌정한다고 적혀 있었다. 칸 근처를 배경으로 삼은 시 「쉬케의 어부」 역시 뤼시앵에게 바쳐진다(『장 주네 사전』, 622쪽).

2. 날개가 달린 샌들은 나그네, 상인, 도둑의 수호신으로 죽은 사람의 망령을 저승으로 인도한다고 알려진 헤르메스의 신발을 상징한다.

3. Robert François Damiens(1715–57). 루이15세 암살 기도로 법정에서 사형을 언도받고 고문에 시달리다가 능지처참당했다. 구체제 프랑스에서 능지처참 형을 당한 마지막 인물.

4. 주네에게 시체는 악에 의해 가능한 성스러움의 상징인 죽음과 대립된다. 주로 장례 의식에 의해, 시체는 여기에서 여전히 살아 있는 무엇으로 변형되어 나타난다. 시체는 (사)물(物)화된 산 자를 의미한다. 따라서 시체는 색깔로 치장되고 양태로 묘사되어 나타난다.

주네에게 신과 대상의 차이는 죽음과 시체의 차이와 다르지 않다. 벌거벗은 시체는 아무런 수식 없이, 완벽한 물화를 통해 대상화된 인간의 몸을 상징한다. 『장 주네 사전』, 431쪽.

쉬케[1]의 어부

어떤 공모 하나, 어떤 합의 하나가 나의 입과 열여덟 살 이 어부의 긴 자지—파란 반바지 안에 있어 아직 보이지는 않는—사이에서 성립된다.

그의 주위로, 시간도, 대기도, 풍경도 불확실하게 되어버렸다. 모래 위에 누워, 벌거벗은 그의 두 다리에서 갈라져 나온 두 개의 가지 사이에서 내가 알아본 것이, 부들부들 떨고 있었다.

모래는 그의 발이 남긴 흔적을 간직하고 있었지만, 마찬가지로 황혼의 동요와 열기에 감격한 성기 하나가 남긴 지나치게 묵직한 뭉치와 같은 흔적도 간직하고 있었다. 수정 같은 정액[2]이 반짝이고 있었다.

"이름이 뭐지?"
"그러는 너는?"

그날 밤 이후로, 도둑은, 짓궂고, 경박하고, 변덕스럽고, 원기 왕성한 그 아이를 부드럽게 사랑하는데 그 아이의 몸이 다가오면, 물도, 하늘도, 바위들도, 집들도, 소년들과 소녀들도 전율을 느끼는 것이다. 그리고 내가 적고 있는 페이지마저도.

나의 인내심은 너의 이면에 걸려 있는 메달이다.

황금빛 먼지가 그의 주변을 떠돌고 있다. 나에게서 그를 떼어놓는다.

그대의 얼굴이 뿜어내는 햇빛으로 그대는 접시보다도 더 어둡다.

그의 두 눈: 엉겅퀴, 야생 자두나무, 가을의 얇은 치마 사이에 놓인.

그의 긴 자지: 내 이빨 위로 말려 올라간 내 두 입술.

그의 두 손은 사물들을 빛나게 한다. 보다 그늘지게도 만든다. 살아나게
도 하고 죽여버리기도 한다.

그의 왼발 커다란 엄지발가락이, 살을 파고들어간 손톱이 때로는 내 콧
구멍을, 때로는 내 입을 후빈다. 그것은 거대하다 허나 발이, 이어 정강
이가 손톱을 지나리라.

너는 낚시를 하려 한다 눈 녹은 곳에서
반지 낀 나의 연못 속에서
아, 검은 강철 저 두 줄 속눈썹이 보호하는 나의 아름다운
저 두 눈에 네 벌거벗은 두 팔을 넣으려 하는구나
폭풍이 몰아치고 전나무 솟아오른 저 하늘 아래서
금빛 비늘로 뒤덮여 흠뻑 젖어 있는 어부여
내 버드나무 손가락 나의 저 창백한 두 손은
세상의 가장 슬픈 물고기들이 내 빵을 내 잘게 찢어 뿌릴
강가로부터 달아나는 저 모습을, 너의 두 눈에서 보고 있구나.

사시나무여. 너 홀로 흔들리는 저 꼭대기에서
네 장밋빛 발꿈치는 크고 작은 가지에 저 떠오르는 태양을
걸어놓는구나. 사시나무여 너의 중얼거림이
내 이빨 위에서 떨고 있구나. 부러진 네 손가락이
창공에 빗질을 하고 나무껍질을 찢어 버리는구나
오, 너를 부드럽게 만들고 눈송이 매달아놓은
사시나무여. 설치하거라, 요구하거라 깊이 상처를
입었으나 가벼워진 깃털의 저 상반신을.
내 두 입술이 그가 피어나게 강제하는구나.[3]

태양이 그대의 경사진 아름다운 장딴지 위에서
천천히 히스 덤불에 불을 붙일 때
빛 속에서 무릎을 꿇고 있는 금발의 스파히[4]에 대해 네가
내게 이야기해 주었던 저 바위들 따라 나는 걸어가리라.
망자들의 목소리에 한 마리 뱀이 깨어난다.
갈라져 터진 내 발아래로 자고새 무리가 날아오른다.
해 질 무렵 나는 볼 것이다 금을 찾는 이들이

미친 달빛 아래서 제 일을 하고 있는 모습을.
무덤을 파헤치는 자들이 제비뽑기하는 것을.

네 두 발에 무슨 그림자 있어 네 구두를 저리 빛내는가!
내 눈물의 연못 속에서 얼어붙은 너의 두 발
카르멜회 수도사처럼 신발 벗겨지고 먼지투성이인 네 두 발
하늘의 흙탕물을 맞아 축복받은 네 두 발이
오늘 밤 내 하얀 두 어깨에 자국을 남길 것이다
(이 어깨는 달빛이 늑대들을 바글거리게 할 숲인가)
오, 내 버드나무 그림자에 매달린 나의 어부여
별들과 쇠못을 온통 뒤집어쓴 저 사형집행인이여
방파제의 저 하얀 팔을 붙잡고, 잠시 서 있거라.

몸을 일으킨 초록 나무—기울어진 네 이마
(사랑의 동물 머리 둘 달린 황금 수목)
그의 군엽 위—에서 열에 들뜬 짐승에게
휘감긴 채 너는 한쪽 발로 매달려 있다,
느린 왈츠가 창공에서 하모니카를 불어댄다 허나
너의 두 눈은 앞쪽 돛대에서 놀라운 새벽을 보는 것인가?
오, 벌거벗은 어부여 영민한 마음으로 저 나무에서
내려오거라, 내려오거라, 노래하는 나의 나뭇잎들을 경배하거라.

아듀, 하늘의 여왕이여, 아듀 내 손바닥에서
도려진 저 인피(人皮)의 꽃이여.
오, 유령 하나 거주하는 나의 침묵이여,
너의 두 눈이여, 너의 손가락들이여, 침묵이여. 너의 창백함이여.
또다시 침묵이여 매 걸음마다 네 발이 밤을

내려놓을 저 계단 위의 파도여.
삼종기도의 맑은 종소리가 궁륭 아래서 울리는구나.
아듀, 내 마음에서 빠져나와 잔혹한
밤의 발걸음 위로 달음질치는 태양이여.

나의 어부는 해 질 녘 푸른 집들에서 내려왔다
그리고 나는 내 두 손을 내밀어 그를 맞이하였다.
그가 미소를 지어보였다. 바다가 우리의 발을 잡아끌었다.
여덟 소녀들 머리로 금박 입힌 덜렁거리는 자지 하나가
(그의 허리띠는 못이 박혀 있고 달빛 받아 빛나고 있다)
눈을 들어 그를 꾸짖는다, 그의 허리띠에 매달려
젖은 머리카락이 제 죽은 모습에 놀라고 있었다.
어부는, 항구 근방에서, 하늘에 제 모습을 비춰보고 있었다.

그대들의 발아래 밤의 보물들을 묻어놓아라
잉걸불 저 길 위를 유연하게 걸어라.
평화가 그대와 함께하리라.
쐐기풀 속에서, 골풀 속에서, 야생 자두나무 속에서, 저 숲속에서 그대의
    걸음이
어둠과 보조를 맞추리라.
또한 그대 발걸음 하나하나, 재스민 향 풍기는 매 걸음이
자기(磁器)로 만든 무덤 하나에 나를 매장하리라.
그대는 세계를 어둡게 하리라.

오늘 밤의 보물들: 아일랜드와 그곳의 반란들,
황야에서 도망쳐 나오는 사향 냄새의 쥐들, 빛이
그려내는 아치 하나, 너의 위장에서 역류하는 포도주, 저

계곡에서 치르는 혼례, 꽃핀 사과나무에서
흔들거리는 목매단 사람, 꽃피우는 자지 하나⁵
감싸고 있는 네 팬티 속에서, 목까지 차오르는
심정으로 마침내 도달할 이 부위.

도처에서 순례자들이 내려오고 있다.
그들은 해가 지고 있는 네 엉덩이를 둘러싸고,
낮에도 밤처럼 여전히 어두컴컴한 네 사타구니의
저 숲으로 우거진 경사를 힘들여 기어오른다.

풀이 무성한 황야를 지나, 풀어헤친 네
허리띠 아래 목구멍은 말라붙고 팔다리는
녹초가 되어 우리는, **그것**의 근처에 도달한다.
그것의 광휘 속에서 시간마저 상장(喪章)으로 뒤덮여
그 아래에서 태양과, 달과, 별들이,
그대의 두 눈이, 그대의 울음이 필경 빛을 발할 것이다.
시간도 그의 발밑에서는 어두워지리라.
그곳에서는 오로지 기묘한 보라색 꽃들이
이 울퉁불퉁한 구근으로부터 피어날 뿐이다.
우리의 가슴에다가 우리의 두 손을 모아놓고
우리의 이빨 위에는 주먹을 가져다 놓자꾸나.

너를 사랑한다는 것은 무엇인가? 내 가엾은 손가락 사이로
이 물이 흐르는 걸 볼까봐 나는 두렵다. 나는 감히 너를 삼킬 수도 없다.
나의 입은 여전히 허무한 기둥 하나를 빚어내고 있다.
그것이 가볍게 가을의 안개 속으로 내려온다.
우리가 물속으로 들어가듯, 나는 사랑 안에 도착한다

손바닥을 앞으로 내밀어, 눈먼 채, 붙들어놓은 나의 오열이
나 자신 안에 너의 존재를 공기로 부풀어 오르게 하면
그곳에서 너의 존재는 육중해지고, 영원을 얻으리. 나는 너를 사랑한다.

허나 그것은 내 입속에서 녹는다. 시 한 구절에 지나지 않는 것일까? 그 어떤 소녀 그리고 그 어떤 정원을 위해서? 어떤 꿈이 있어 그것을 진정시키고, 그것을 구슬리고, 그것을 살살 자극하고, 그것에게 이 느림을, 저 말랑말랑한 통증을 부여하는 것일까?

"너 나를 깔보는 것이냐?"

허나 그것의 꿈들이 다른 곳에서 그것에게 넘쳐나도록 제공하는 것을 이곳에서 다시 찾아내려면 그를 위해 또 얼마나 많은 애정을 불러내야만 하는 것인가! 그것의 작은 숲을 잊으려면, 어떤 꺾인 꽃들과 버려진 꽃들의 다발이 있어야 한단 말인가!

나는 내 손안에서 쪼그라든, 부끄러워 어찌할 바 모르는 작은 살덩이를 애무하고 있다, 그리고 너의 두 눈을 바라본다. 그러자 너의 눈 아주 깊은 곳에서 너의 긴 자지에게 애정을 주고 있는 온순한 짐승이 어른거리는 모습이 보인다.

너는 나에게까지 올라오려 한다. 몇 번의 물결이 그렇게 하는 데 성공한다. 네 두 눈에 비치는 이 거품이 이 사실을 증명하리라. 하지만 네게 가장 소중한 것은 너의 깊은 곳에 고여 있다. 네가 빠져드는 곳은 바로 거기다.

내가 귀를 기울이면, 나를 부르는 너의 목소리를 나는 들을 수 있으나, 그 목소리는 세이렌의 노래와 심하게 뒤섞여버려 나는 그것을 내 귀까지 오롯이 추출할 만큼 풀어낼 재간이 없다고 해야 한다.

그럼에도 나 너를 포기하지 않을 것이다.

"그가 오그라드는 것인가?"

그는 내 안에서 오그라든다.

그의 온갖 변명 가득한 입맞춤이 자욱한 밤을 내 안에서 그리고 내 주위에서 한층 더 깊게 해준다.

내 손에 죽어라. 내 눈앞에서 죽어라.

나는, 저 비극을 불가피하게 하려고, 우리가 이 비극을 숙명의 탓으로 돌려놓을 수 있게 하려고, 가능한 한 상황을 가장 모호하게 (또한 깨어질 정도로 긴장된 상태로) 만들어야 한다.

한 줄기 검은 피가 벌써 그의 입에서 흘러나오고 벌어진 그의 입에서는 여전히 그의 하얀 유령이 새어 나오고 있다.

도둑
밤이 옷을 벗었지만 제 꽃들에 열중하는 그곳에서
저 백정의 단호한 손아귀가 나의 장미를 움켜쥐었다.
오, 나의 눈물 아래로 몸을 드러낸 이 아이의 밤이
시 한 수를 짓고 이 시가 아이의 자지를 에워싼다.

밤
그의 작은 손가락 관절에 감긴 나의 보물들이
너의 신성한 잠에서 발목까지 흘러내렸다
너의 한숨이 또한 박새들의 한탄을 감추고 있었다
내 주홍색 손톱 위로 제 코에서 피를 흘리고 있는 도둑이여!

도둑

느린 걸음으로 불어오는 바람이 나에게는 닿지 않는다. 누군가 나를 살
　해하고 있다.
누군가 나를 무참하게 살해하고 있다. 나는 무섭다. 오 위험도 없이 어서
　오라
아름답고 고집 센 자지여 아침의 풀밭을 지나
목동들의 바다와 새벽을 나에게 가져와다오.

나무

도둑이여 네가 떨면서 내 발을 지날 때
죄수 부대가 풀려나와 나의 감방에서 벗어나리.
내 마음 저항을 않고, 내 가지들 풀어지리라.[6]
그들의 장화에 짓밟혀, 너 숨을 헐떡이는 것을 나 알고 있노라.

도둑

그는 내 호주머니를 털려고 가끔 잠에서 깨어난다
그는 나를 훔친다 그리고 독으로 벌써 위협을 받아
나의 독수리가 그를 감시하고 저 높은 바위 위로
그를 데려가 내 과거의 구덩이에 그를 숨겨놓는다.

나무

번개로 충만한 두 손 너의 아름다운 광채가 나를 꺾어 버리는구나.
사람들은 그대의 장난질에 내가 벼락 맞기를 바란다
도둑아, 너무나도 민첩한 너의 손이 이제 곧 붙잡힐 것이다
나무 한 그루가 호기로운 운명으로 치장을 하였다.

도둑

내 손가락 하나하나에 흔들리고 있는 나뭇잎 하나!
이 모든 초록의 무질서 저 마음을 움직이는 잔가지 하나.
창백한 겁탈자의 이마가 붉게 물든다
그의 곱슬머리에서 **동방**의 명성(明星)이 하나 떨고 있구나!

밤

그대는 대관절 누구를 이야기하는 것인가? 어부들이
심연 저 깊은 바닥의 바다처럼, 제 두 눈을 거둬들인다.
밀물과 썰물이 어김이 없이 웃으며 다시 차올라온
이 거품은 그대에게 소중한 신호가 되다.

포수

가죽 각반 속에 두 발 양모 양말로
둘둘 말아 신고 나는 저 숲을 가로지르리.
도둑아, 저 바다도 네 빌어먹을 똥도 심지어 네 입김도
모든 것이 내 밑에서 떨리는 것을 막지 못하리.

도둑

그대는 불멸의 위선자 상처 입은 한 마리
말 위에서 오건디 옷 입고 있는 여기수!
그대의 아름다운 손가락은 잃어버린 꽃잎으로 떨어져 내렸다
아듀, 하늘이 부수어버린 나의 커다란 정원이여!

이렇게 해서 나는 내 두 팔에 안겨 잠든 그에게서 잊혀, 홀로 남겨진다. 바다가 잔잔하다. 나는 꼼짝할 생각을 감히 하지 못한다. 그가 여기 있다면 그가 내게서 벗어나 여행하는 것보다 더 두려운 일이 될 것이다. 그는 분명 나의 가슴 위로 구토를 하리라.

그런데 거기서 과연 나는 무엇을 할 수 있을까? 그의 토사물을 솎아내는 일─ 포도주와, 고깃덩어리와, 저 담즙 사이에서, 혈사(血絲)가 녹아 스며들어 엉킬 저 제비꽃들과 장미꽃들을 찾아내는 일?

불의 칼날들, 부러진 저 검들!
달이 밤을 지새우는 저곳에서 바다가 나를 괴롭히는구나.
바닷속 저 피가 내 귀에서 흘러나오는구나.
오, 우수에 젖은 어부여 아래로 떨궈진 그대의 두 눈이여
하늘을 여행하는 그대의 저 납빛 두 눈은
내가 내 몸을 굴려 늪이 되어버렸기에 여전히
내 몸의 종양들을 연민 하나도 없이 터뜨리고 마는구나
이 늪에서 불의 혀가 내가 가는 길을 감시하리라
저 밤이 저 도깨비불을 시퍼렇게 하리라.

1. Suquet. 프랑스 남부 휴양도시 칸의
거리 이름. 주네는 애인 뤼시앵 세느모와
칸에 머문 바 있다.

2. 'cristau'의 번역어. 모래와 뭉쳐서
수정 모양이 된 정액을 비유하고자 만든
주네의 신조어.

3. 강간 행위를 의미한다.

4. spahi. 프랑스 군에 소속되어 있던
알제리 원주민 기병.

5. 'aubépine'는 산사나무를 뜻하나,
여기서는 'pine'(음경)의 말놀이로
쓰였다.

6. 성기에서 정액이 흘러나오는 것에
대한 비유.

찾아낸 시편(詩片)

내 눈의 동굴에 거미가 제 집을 짓는다
목동 하나 있어 내 문 앞에서 비탄에 잠기고 고뇌에 찬
나뭇잎에서는 함성이 차올라온다 나는 거기에 쓴다
내 두 손이 결국 내 눈물로 젖었기에.

성벽 아래 저 수용소 근방에, 저 도랑들 안에, 이 철탑에서 다른 철탑으로, 자갈 더미 위에, 그림자 속에, 항아리 안에, 내 두 입술 위로, 내 거울, 공장들의 그을음 속에, 복숭아나무들 안쪽에, 한 아이가, 오로지 그 아이만이 잡아낼 수 있었을 신호들을 하늘이 드리워놓은 곳에, 누더기 어린 곡예사가, 잠을 자고 있었다. 그가 다시 도시로 되돌아왔을 때, 그의 일관성 없는 말을 믿으려 한 사람은 아무도 없었다. 아주 오랫동안, 그는 제 하얀 배 위로 어떤 날카로운 손톱에 긁힌 상처를 간직하고 있었다.[1]

장미

죄악
그것이 외친다.

거기에 꿀벌이 걸려든다. 나는
고통의 저 어린 별을. **반짝이게 하리라**

갑자기 별의 흥부에 화면을 점령당하고 말았다. 검은 비로드 블라우스. 앞
섶 안으로, 내 코와 두 눈 아래로 스무 개의 안락의자에서 가짜 장미꽃 한
송이가 떨어져 내렸다. 그리고 나니 바로 이 장미꽃 저 아래로, 정확히 별
의 심장을 대신하여, 세 점 말줄임표가 있은 후, 이 문장이 나타났다:

… 나는 외쳤다

"털어놓으시오!"

존경하는 재판관 예하….

살인에 대한 자백은, 한 송이 장미꽃과 별 한 송이의 갑작스런 만남으로 말미암은 재난 속에서, 경악할 만한 혼란에 묻힌 채 나타날 것이다. 덕지 덕지 끌어다 붙인, 벌 한 마리가 횡단하듯 산발적인 고함들로 뒤발된 상 태에서, 살인죄가 비쳤다.

에스파냐는 정오부터 성녀가 된다
졸고 있는 난간이, 어슬렁거리는 사람들의 보호책(柵)이
넘어지지 않게 붙잡으시오, 나의 유일한 벗으로 남아주시오
내 마음의 원수 에스파냐로부터 나를 지켜주시오.

저녁의 태양 아래 졸고 있는 수도(首都)여
오 활짝 열린 내 가슴이여 오 달이여
귀먹게 하고 치명적인 네 심벌즈 소리가 우물 속
잊힌 우리의 죽음을 노래할 방울뱀 무리를 잠에서 깨우는구나.

저 눈[雪] 아래 집시여 먼 곳의 **알베르토²**여
우리들 은총의 골짜기에서 보낸 밤들을 기억하는가
거기서 검은 파충류들이 그대의 두 팔 위에서 위협하며
눈부신 아침의 질서들을 경청하고 있었다.

이 기이한 꽃문양이 숙명의 인장 하나를 꾸미고 있구나
방이라. 황금빛 닻이 공허의 피를 할퀴는구나.
벌레 하나 창백한 영원을 베어 물었다.
죽은 저 아내 **디빈느**[3]여 식물성 수면(睡眠)이여.

오 죽은. 목 졸려 죽은. 우리 고장들의 꽃이여
그대의 눈물이 호랑가시나무의 엉덩이 위로 흐르게 놔두시오
박새들 그대의 푸른 보금자리를 바로 그 목 위에다가 만드시오
그리고 그대, 나의 밤들이여 **황금빛 디빈느**를 품으시오

나의 황무지에 느린 발걸음으로 도착한 성당이여
어두운 눈[眼] 아래 저 **꽃피는 노트르담**이여
나의 죽음에서 빠져나온 밤 색깔의 행렬이
가벼운 발 그대의 부드러운 대로를 뚫고 지나가는구나.

구리로 된 저 아프리카 그곳에서 우아함이 침울에 젖는다
그 우아함의 옆구리에서 아이들의 회한을 찾아내시오.
그들은 이 사랑의 도형장 저 우물들을 조련한다
거기서 눈[雪]이 거품을 일으킨다 꽃이 그들의 손가락 아래로 내려앉는다.

침묵의 사슬이 그대 바다의 소금에서 검게 풀려나온
이 잠수부 그의 목으로 육중하게 내려앉는다.
서리의 무희는 공중을 유영하는 그의 영웅이구나.
나는 말하리, 이빨 사이 금칠한 저 투창들의 쇠를.

꽃 줄로 장식된 그대 두 팔의 비탄으로 쌓아 올린 제물 하나가
피와, 젖과, 달의 대리석 위에서 놀란
천사의 눈물들 그리고 얼어붙은 벌판을
우리 저 죽음에게 제안하는구나.

그가 목구멍을 자극하면 신의 향기가 무릎 꿇은
저 천사를 악취로 뒤덮어 지켜내리라 또한 성스러운 여인들
은 기름과 속옷을 지참하리라.

롱스보[4]여 네 꿈이 자리할 저 아름다운 목이여
금사검(金絲劍) 뒤랑달[5]이여, 뿔나팔 부는 롤랑이
수치심에 흘린 우리 눈물 위로 아직도 화살을 날리고 있구나
여명에 빛나는 어느 목동의 목젖을 벗겨내고 있구나.

토악질로 목쉰 밤이 저 강기슭에서 껍질을 벗는다
게으름의 광장과 불량한 화제들
거기 꼭 다문 그의 입 그 은밀한 만남
다른 검은 보석의 품에 안겨 제 금발 목젖을 잊어버린다.

1. 메트레 감화원 주변을 그리고 있다.

2. 알베르토 자코메티를 뜻한다. 주네는
예술론「자코메티의 아틀리에」에서
자코메티의 조각상에 관해 뛰어난
감상을 남겼다.

3. '성스러운(Divine)'이라는 뜻의
이름을 지닌 이 여인은 주네의 첫 소설
『꽃피는 노트르담』에 등장하는 섹스
파트너이다. 사디즘과 마조히즘이
동시에 나타난 이 작품에는 섬세하고
복합적인 3인 섹스 장면이 등장한다.
디빈느는 다락방에 금발의 살인자
노트르담과 건장한 흑인 남자 고르기를
재워준다. 세 사람은 함께 침대에서
성행위를 하고, 디빈느는 노트르담에게
구강성교를 해주는데, 갑자기 고르기가
노트르담의 몸 위에 올라타 그에게
성기를 삽입하려 하는 것을 알게 된다.
이 놀이에서 제외된 디빈느는 비참한
고독을 느끼는 동시에 이 두 손님들의
배은망덕함으로 인해 악의에 찬다.
이어 자신이 혐오감을 불러일으키는,
못생긴, 늙은 여자라고 생각하며 자책한
후 스스로 하인으로서의 마조히즘을
드러낸다.

4. 프랑스와 인접한 에스파냐 국경의
작은 도시. 778년 샤를마뉴대제의
조카였던 롤랑의 지휘 아래 바스크족과
벌인 롱스보 전투의 역사가 유명해진
것은 중세 무훈시의 대표작으로
알려진「롤랑의 노래(La Chanson de
Roland)」덕이었다. 에스파냐 전역의
이슬람 세력을 몰아낸 프랑크왕국의
샤를마뉴에게 마지막 남은 사라고사가
항복을 자청한다. 충신 롤랑이 거짓
항복이라며 반대했으나 간신배에 속은
샤를마뉴는 항복을 받아 군대를 되돌려
피레네산맥을 넘기 위해 군대의 후미를
롤랑에게 맡겼다. 롤랑의 예상대로
이슬람 군이 공격해왔으며, 롤랑은
마지막 순간에 뿔나팔을 길게 불고서
장렬하게 전사한다. 전투의 장소와
날짜를 제외하고「롤랑의 노래」에서
전하는 내용은 대부분 역사적 사실과
일치하지 않는다.

5. Durandal. (주로 중세 기사들의) 검.

외줄타기 곡예사

압달라[1]를 위하여

황금색 스팽글[2] 하나 그것은 구멍이 하나 뚫린, 누런 금속으로 된 아주 작은 원반이다. 얇고 가벼워, 그것은 물에 뜬다. 한두 개가 이따금 곡예사의 곱슬머리에 붙어 남겨진다.

이 사랑—그러나 거의 절망한 상태의, 그러나 또한 부드러움으로 충만한—네가 네 외줄에서 드러내 보이시 않으면 안 되는 그것, 이 사랑은 너를 지탱하기 위해 철사가 보여주어야만 하는 바로 그만큼의 힘을 가질 것이다. 나는 사물들을, 그것들의 심술궂음을, 그것들의 무자비함을, 또한 그것들의 고마움을 알고 있다. 외줄은 죽어 있었다—그게 아니라면 벙어리이거나, 장님이거나—네가 여기에 있다: 그렇기에 외줄 그는 살아갈 것이고 말을 할 것이다.

거의 육체적이라 할 어떤 사랑으로, 너는 그를 사랑하려 할 것이다. 매일 아침, 네 훈련을 시작하기 전, 그가 팽팽하게 당겨져 떨려올 때, 그에게 한 번의 입맞춤을 선사하러 가거라. 그에게, 너를 지탱해 줄 것을, 그리고 다리 관절들의 우아함과 민감함을 네게 내려줄 것을 부탁하거라. 공연이 끝나면, 그에게 인사를 건네고, 고마움을 표하거라. 그가 아직, 상자 안에 말려 있을 때, 그러니까 밤에, 만나러 가서, 애무를 하거라. 너의 뺨을 그의 뺨에, 부드럽게, 맞대어보거라.

어떤 맹수 조련사들은 폭력을 사용한다. 너는 네 외줄을 조련하려 시도해볼 수도 있을 것이다. 믿지 말거라. 철사는, 표범처럼 그리고 또한, 말하자면, 민중처럼, 피를 좋아한다. 오히려 그것을 길들이거라.

어떤 대장장이—회색 콧수염의, 넓은 어깨의 저 대장장이만이 이와 같은 민감한 일을 거리낌 없이 할 수 있으리—하나가 매일 아침 제 사랑하는 애인, 그의 모루에게, 이렇게 인사를 건넸다:

"잘 잤나, 예쁜이!"

저녁 무렵, 하루가 저물면, 그의 커다란 손이 모루를 애무하였다. 모루가 그걸 느끼지 못할 리 없었고, 대장장이도 그 흥분을 알아보았다.

네 철사는, 너가 아니라 그의 가장 아름다운 표정으로 충만하다. 네도약들, 네 뜀들, 네 춤들, 곡예사들의 은어를 빌려 말하면, 너의: 플릭플락,[3] 쿠르베트,[4] 공중제비, 바퀴 돌기 등, 네가 이것들을 훌륭하게 해내는 것은, 네가 빛나려고 그런 게 아니라, 소리도 없이 죽어있던 강철 줄 하나가 결국은 노래를 부르게 하기 위한 것이다. 너의영광을 위함이 아니라 그의 영광을 위해 네가 네 자세에서 완벽했다면, 그는 얼마든지 너에게 감사해할 것이다.

그리하여 감탄한 관중은 그에게 이렇게 박수갈채를 보낼 것이다:

"정말로 놀라운 외줄이야! 저 외줄이 제 춤꾼을 저렇게 지탱하고 저렇게 사랑을 하네!"

제 차례에 외줄은 너를 가장 경이로운 춤꾼으로 만들어줄 것이다.

땅바닥이 너를 쓰러뜨릴 것이다.

그 누가 있어 너 이전에 어떤 향수(鄕愁)가 7밀리미터 강철 철사 한가닥의 영혼에 유폐되어 머물고 있는지를 이해했었을까? 또 채찍소리에 맞추어, 어떤 춤꾼이, 공중 뒤집기 2회전을 하도록 불려 나올 줄 스스로 알고 있었을까? 너 외에는 아무도 모른다. 그러니 외줄의 환희와 그의 사의(謝意)를 인정하거라.

네가 바닥을 걷다 넘어져 관절을 삐게 되더라도 나는 크게 놀라지 않을 것이다. 외줄이 대로보다도 더 확실하게, 더 훌륭히 너를 지탱해줄 것이다.

별 생각 없이 나는 그의 지갑을 열었다 그리고 나는 뒤진다. 낡은 사진들, 영수증 용지들, 사용 기한이 만료된 버스 티켓들 사이에서, 나는 그가 호기심을 자아내는 부호들을 그려놓은 한 장의 접힌 종이를 발견한다: 그러니까 외줄을 나타내는 한 줄기 곧은 선으로 이루어진 세로, 오른편에는 기울어진 줄들, 왼편에는 줄들—그건 그의 발들, 아니 오히려 그의 발들이 접할 장소로, 그가 내딛게 될 발자국을 표시해놓은 것이다. 각각의 줄 하나하나에 번호 하나씩. 경험적이고 또 매우 위험한 어떤 훈련에 복종해야 했던 어떤 기술에 있어서 그는 엄격함, 계산된 훈련에 노력을 기울이고자 하기 때문에, 그는 승리를 거둘 것이다.

따라서 그가 글을 읽을 줄 아는지 따위는 아무래도 상관없다. 그는 리듬과 박자를 충분히 젤 만큼은 숫자를 알고 있는 것이다. 치밀한 계산가 조아노비치[5]는, 문맹의 유대인—또는 집시—이었다. 그는 우리의 전쟁 중 하나가 벌어지는 동안 고철과 파쇠를 팔아 엄청난 재산을 벌어들였다.[6]

…"죽음에 이르는 저 고독"….

주점 카운터에서, 네가 원하는 누구에게나, 아무에게나, 너는 농담을 하고, 건배를 제의할 수 있다. 그러나 천사가 기별을 하니, 그를 받아들이기 위해 홀로 되거라. 천사, 천사라, 우리에게, 그것은 눈부신 공연장 위로 내려오는, 저녁 무렵이다. 네 고독이, 역설적으로, 빛에 가득하길, 또한 네 추락을 두려워하고 희망하는, 너를 판단할 저 수천의 눈동자들로 이루어진 어둠은 아무것도 아니리: 사막과도 같은 저 고독 위와 그 내부에서, 천으로 가린 두 눈으로, 네가 그럴 수만 있다면, 눈꺼풀을 집게로 집은 채, 너는 춤을 추리라. 그러나 그 무엇 하나—특히 박수와 웃음소리조차—너의 이미지⁷를 따라 네가 춤을 추는 일을 방해하지 않으리. 너는 예술가다—슬퍼라—너는 네 두 눈의 저 괴물 같은 파멸을 네게서 더 이상 거부할 수 없으리. 나르키소스가 춤을 춘다? 그러나 예서 교태나 이기심, 자기애 따위와는 완전히 별개인 것이 문제가 된다. 만약 그것이 **죽음** 그 자체에 속한 것이었다고 한다면? 그러니 홀로 춤을 추거라. 네 이미지에 부합할까 부합하지 않을까 불안에 휩싸인, 핏기가 가신, 저 창백한: 그러니까 너를 대신해 춤추게 되는 것은 바로 네 이미지이리라.

만약 네 사랑이, 네 재주와 네 술수와 함께, 외줄의 비밀스런 가능성들을 발견할 만큼 충분히 원대하다면, 만약 네 몸짓의 정확성이 완벽에 이른다면, 외줄은, 네 발(가죽을 덮어쓴)과 만나고 싶어 몹시 서두를 것이다: 그렇게 되면 춤추는 것은 네가 아니라, 바로 외줄이다. 그러나 움직이지 않고 춤추는 게 외줄이거나, 외줄이 튀어 오르게 하는 것이 네 이미지라면, 너는, 대체 너는 어디에 있어야 하는 것일까?

죽음—내가 너에게 말하는 **죽음**—은 네가 추락하여 뒤따라갈 그것이 아니라, 외줄 위로 네가 등장하기에 앞서 나타나는 그것이다. 네가 죽는 것은 사다리를 타고 외줄로 올라가기 바로 직전이다. 춤을 출 인간은 죽게 될 것이다—아름다움을 모조리 실행하기로 결심하고, 그 어떤 것이든 해낼 수 있을 때. 네가 등장하면 창백함—아니다, 나는 공포가 아니라, 그 반대, 그러니까 그 무엇에도 굴복하지

134

않을 어떤 대담함에 대해 말하려 한다―어떤 창백함이 너를 뒤덮어 버릴 것이다. 네 분장과 네 스팽글들에도 불구하고, 너는 새파랗게 질릴 것이고, 네 영혼은 납빛이 될 것이다. 바로 그 순간이야말로 너의 정확성이 완벽을 기하는 순간인 것이다. 그 무엇도 너를 더는 바닥에 묶어놓지 않은 그런 상태에서 너는 떨어지지 않고 춤출 수 있을 것이다. 다만 외줄 위로 등장하기 전에 죽을 수 있게, 그리고 시체 하나가 외줄 위에서 춤을 추게 신경 써야 한다.

너의 상처, 그것은 대체 어디에 있는가?

누군가 자존심을 훼손하고자, 상처를 줄 때, 누구라도 피하여 달아날 저 비밀스런 상처는 대체 어디에 숨어 있으며, 어디에 거주하는 것인지, 나 자신에게 물어본다. 이 상처―그렇게 양심의 심판으로 변할―, 그 누구나 부풀어 오르게 할, 가득 차게 할 것은 바로 이 상처다. 이 상처가 그 자체로 일종의 비밀스럽고 고통스런 마음이 된다는 점에서, 누구나 그것으로 되돌아가는 방법을 안다.

우리가, 탐욕스럽고 재빠른 눈짓으로, 지나가는 남자 또는 여자* ―마찬가지로 개나, 새나, 냄비―를 주시한다면, 심지어 이러한 우리 시선의 속도는 위험에 처하게 되었을 때 그들이 제 몸을 구겨 넣을 이 상처가 무엇인지, 또렷하게 우리에게 밝혀줄 것이다. 내가 무얼 말하고 있는가? 그들은 상처―그들이 그 형태를 선택한― 에 의해 그리고 상처를 위

---

* 마음을 가장 동요시키는 것은, 기괴한 조롱의 상징, 예컨대 모자 하나, 다소간의 콧수염, 반지들, 신발들… 안에 완전히 제 몸을 구겨 넣은 자들이다. 어떤 한순간을 위해 그들의 삶 전부가 거기로 돌진한다, 그리고 세부는 빛을 낸다: 홀연히 꺼져버린다: 거기서 지니고 있던 모든 영광이, 결국에는 고독을 초래하면서, 이 비밀의 영역으로 방금 물러났다.―원주

해, 고독을 얻어내면서, 이미 거기에 있는 것이다: 그들의 전부라고 할 것이 힘없이 떨구어진 두 어깨 안에 있어 그들로 하여금 그들 자신이 되게 하고, 그들의 모든 생명은 입의 저 고약한 주름 하나로 운집하며, 그 주름에 대항하여 그들은 아무것도 할 수 없고 또 할 수 있기를 바라지도 않는데, 그 까닭은 고독 그 자체가 되려 하는 절대적인, 소통이 불가능한 이 고독 — 이 영혼의 성(城) — 을 그들이 인식하게 되는 것은 바로 저 주름에 의해서이기 때문이다. 내가 지금 이야기하려는 이 외줄타기 곡예사에게, 이 고독은 저 자신이 버려졌다는 사실을 알고 있었던, 저 비참한, 잊을 수 없는 어린 시절의 이미지들을 내비치는 게 분명한, 그의 슬픈 시선 속에서 나타난다.

그가 달려들어야만 하는 것은 바로 이 상처 — 그것이 자체로 그 자신이기에 치유가 불가능한 — 그리고 이 고독 속이며, 그렇게 할 때 비로소 그는 힘을, 대담함을, 그리고 제 기예에 필요한 재주를 찾아낼 수 있을 것이다.

네가 좀 주의했으면 하는 것이 있다. 볼 것: 너 자신을 죽음에게 좀 더 잘 내맡기려면, 가장 엄밀한 정확성으로 죽음이 네게 거주하게 하려면, 너는 완벽한 상태의 건강을 유지할 필요가 있을 것이다. 최소한의 불편함이 너를 우리들의 삶으로 되돌아오게 만들 것이다. 네가 되어야 할 이 부재하는 덩어리가, 박살이 나버릴 수도 있을 것이다. 곰팡이가 가득 낀 일종의 습기가 너를 굴복시킬 수도 있을 것이다. 그러니 네 건강을 돌봐야 한다.

사생활에서 사치를 피하라고 내가 그에게 충고를 한다면, 후줄근해진 옷을 입고, 뒤축이 망가진 구두를 신어, 좀 구질구질해지라고 내가 그에게 충고를 한다면, 그것은 저녁 무렵 공

연장의, 저 낯섦이 보다 격해지게 하기 위함이요, 낮 동안의 희망이 공연에 맞추어 고양되어 나타나도록 하기 위함이요, 가장 찬란하고 화려한 등장을 좌지우지하는 저 초라함을 유지해야 하는 거리가 춤을 어떤 발포나 어떤 비명처럼 되게 하는 것과 같은 긴장을 실행하게 하기 위함이요, 서커스의 진실이 먼지의 금가루로 변신하는 데 달려 있기 때문이며, 그러나 감탄할 만한 이미지를 발현해야만 하는 자가 죽어야만 하기 때문이며, 혹은, 그렇게 하고자 한다면, 그는 인간 중에서 가장 가련한 사람처럼, 최후의 1인처럼, 땅 위를 기어 다녀야만 하기 때문이다. 나는 심지어 그에게 다리를 절고, 누더기를, 이(蝨)를 잔뜩 뒤집어쓰라고, 악취를 풍기라는 충고까지도 건네려 할 것이다. 그러니까 시체 하나가 거주하는, 내가 말하는 이러한 이미지를 항시 더욱 찬란하게, 번쩍이게 놓아둘 수 있게끔 자신의 개성을 점점 줄여나가야만 하리라. 결국에는 오로지 등장하는 모습에서만 그가 존재하게 만들어야만 하리다.

당연한 말이 되겠지만, 나는 지상에서 8미터나 10미터 위에서 연기를 하는 곡예사가 신에게(외줄타기 곡예사들의 경우, 성모마리아에게) 의지해야만 한다거나 죽음이 제 머리 위에 있기 때문에 무대로 입장하기 전에 기도를 하고 성호를 긋는 것이라고 말하고 싶지는 않았다. 시인에게 그러하듯, 나는 예술가에게만 말을 해왔다. 네가 양탄자 위 1미터 높이에서 춤을 추더라도, 내 명령은 똑같을 것이다. 문제는 바로, 네가 이해하고 있듯이, 죽음에 이르는 고독, 그러니까 예술가가 연기를 하는 저 절망적이고도 눈부신 영역인 것이다.

게다가 나는 네가 확고한 육체적 죽음의 위험을 감수하지 않으면 안 된다는 점을 덧붙이려 한다. 서커스의 드라마투르기가 이를 요구한다. 그것은 시, 전쟁, 투우와 더불어 유일하게 살아남게 될 잔혹한 놀이 가운데 하나다. 위험에는 그럴 만한 이유가 있다: 서커스는 네 근육이 어떻게든 완벽한 정확성으로 벼려지게 강제할 것이며—아주 사소한 실착도 불구와 죽음으로 이어지는 추락을 야기할 수 있다—또한 이 정확함이 바로 네 춤의 아름다움이 될 것이다. 이렇게 한번 생각해보거라: 어떤 서툰 놈이 있어, 외줄 위에서 공중제비를 돈다, 그가 동작을 놓쳐 죽어버린다, 관객은 크게 놀라지 않는다, 아니 관객은 그러길 기대했거나, 그러기를 바라는 것이나 거의 마찬가지라고. 그러니까 너는 말이다, 반드시 아름다운 방식으로 춤을 출 줄 알아야만 하는 것이며, 몹시 순수해서, 섬세하고 진귀하게 보일 몸동작을 갖추어야만 하고, 그렇게 해서 네가 공중제비를 시도하기 위한 준비를 모두 마칠 때 관객은 어떤 우아한 존재가 죽음의 위험을 감수하고 있다고 불안해할 것이며, 거의 분개하게 될 것이다. 하지만 네가 도약을 성공리에 마치고 외줄 위로 다시 안착하게 되면, 바로 이럴 때 관객들은 너에게 환호하며 박수갈채를 보내게 될 터인데, 그것은 네 재주가 뻔뻔스러운 어떤 죽음으로부터 몹시 고귀한 춤꾼 한 명을 지켜내는 일을 방금 실현했기 때문인 것이다.

혼자 있을 때, 그가 꿈을 꾼다고 한다면, 더구나 그가 자기 자신에 대해 꿈을 꾼다고 한다면, 그것은 대개는 저 자신의 영광 속에 그가 나타나는 것이며, 그것은 분명 백 번이고 천 번이고 간에, 그는 저 자신의 미래의 모습, 그러니까 외줄 위에서 거둔 어느 저녁의 승리를 그려보는 일에 천착한 것이다. 따라서 그는 저 자신이 바라는 바대로 자기의 모습을 재현해보려 애를 쓰는 것이다. 그것은 또한 저 스스로 바라는 것과 같은 모습, 꿈꾸는 것과 같은 모습, 애쓰던 것과 같은 모습이

되고자 한다는 것이다. 꿈꾸던 이 이미지에서 현실의 외줄 위에 있는 모습에 이르기까지, 분명 상당한 거리가 있을 것이다. 그럼에도 그가 애쓰게 될 것은, 지금 상상하고 있는 제 모습과 나중에라도 닮게 하려는 일이다. 그렇게 하는 것은, 그가 오늘 제 마음속에 그려볼 그것과 동일한 이미지만이 오로지 강철의 외줄 위로 제 모습을 드러내면서, 그렇게 관객의 추억 속에 간직되게 하기 위함이다. 저 자신을 꿈꾸는 일, 재차 꿈으로 살아날 그와 같은 꿈을 타인들의 머릿속에서도 감지되게 만드는 일이라니, 그 참으로 흥미로운 계획이 아닌가!

그것은 바로 무시무시한 죽음, 그러니까 너를 호시탐탐 감시하고 있는 것, 내 너에게 이른 바 있는 저 죽음에게 패배한 것, 바로 저 무시무시한 괴물인 것이다.

네 분장? 과도해야 한다. 짙어야 한다. 머리카락까지 두 눈을 길게 늘여 위로 끌어올릴 정도로. 네 손톱은 칠해져야 한다. 정상이라면, 제대로 생각이 박힌 자라면, 대체 그 누가 외줄 위를 걸으려 할 것이며 시로 저 자신을 표현하려 하겠는가? 지나치다 할 정도로 미친 짓이다. 남자 혹은 여자여야 하냐고? 온전히 괴물인 자. 분장은 훈련을 독특하게 만드는 데 일조하는 것이 아니라 오히려 그 독특성을 완화해준다: 그렇게, 치장을 한, 금칠을 한, 물감을 입힌, 그러니까 결국 이도 저도 아닌 얼굴을 한 어떤 존재가, 타일을 까는 인부들이나 공중 사무소의 직원이라면 절대로 가볼 생각조차 하지 않을 어떤 장소에서, 평행봉 하나 없이, 왔다 갔다 한다는 사실이 그렇게 해서 보다 분명해지는 것이다.

따라서, 등장하자마자, 구토를 유발할 정도로, 아주 화려하고 짙게 분장해야 한다. 외줄 위에서 네가 곡예를 시작하는 즉시, 사람들은 오로지 이 홍자색 눈꺼풀을 한 괴물은 여기서만 춤출 수 있다는 사실을 알아차리게 될 것이다. 이런 괴물을 외줄 위에 내려놓는 것은 바로 이 독특성이라고, 우리가 절대로 가지 않을—오 신이시여 감사하나이다!—곳에, 그 괴물을 있게끔 강제하는 것이 바로 이 가늘고 길게 그린 그의 눈, 색칠한 그의 양 볼, 금빛으로 물들인 손톱이라고, 사람들은 마음속으로 자기 자신에게 말하게 될 것이다.

내 말이 좀 더 잘 이해되도록 애를 써보려 한다.

시인이 제 작품—무(無)에서 이끌어내어 무언가를 채워나가는 동시에 지각할 수 있게 하는—을 실현하기를 원하여 자신에게 필요하게 될 이 절대적인 고독을 얻어내기 위해서, 그는 자신을 가장 위태롭게 할 다소간의 처지에 스스로를 노출시킬 수 있다. 시인은 그의 작품을 세상 가까이로 끌고 오려고 노력할, 순전한 호기심, 결곡한 우정, 온갖 권유를, 아주 잔인하다 할 만큼 멀리한다. 그럴 마음만 있다면, 그는 이렇게 할 수도 있다: 그러니까 자신조차 정신을 잃을 정도로, 거의 질식해버릴 정도로 아주 시커멓고, 구역질 나게 하는 악취가 제 주변에서 발산하도록 그대로 놔두는 거다. 물론 사람들은 그를 피할 것이다. 그는 혼자가 되리라. 그 어떤 시선도 그를 방해하지 않기에, 명백하게 겉으로 드러나는 저주는 모든 종류의 대담함을 그에게 허락해줄 것이다. 그리고 그렇게 되면 그는 죽음과 매우 닮은 환경, 그러니까 사막에서 살아가게 되리라. 그의 말은 아무런 반향도 일으키지 않으리라. 그 말이 표현하고자 하는 바는, 더 이상 그 누구에게로도 향하지 않으며, 살아 있는 자에 의해서는 더 이상 이해될 수도 없게 될 것인 바, 그것은 삶에 의해서가 아니라 그것을 명령할 죽음에 의해 요청된 어떤 필요성이 될 것이다.

내 너에게 말했던 것처럼, 저 고독은 오로지 관객이 있다는 사실에 의해서만 너에게 부여될 수 있을 것이며, 따라서 너는 너 스스로를 다르다고 여겨야만 할 것이고, 또한 너는 다른 기법을 소급해내야만 할 것이다. 인위적으로—네 의지에서 생겨난 어떤 효과에 의해, 너는 세상에 대한 일체의 무관심을 네 안으로 들어오게 해야만 할 것이다. 이 무관심의 물결이 차올라오는 정도에 따라—발끝에서 시작된 저 냉기가, 두 다리로, 엉덩이로 그리고 배로 퍼져나갔던 독배 마신 소크라테스처럼—지 냉기가 차츰 너의 심장을 움켜쥘 것이고, 얼어붙게 할 것이다. 아니다, 아니다, 다시 한 번 말하지만 그게 아니다. 너는 관객을 즐겁게 하기 위해 오는 것이 아니라 그들을 꼼짝 못하게 홀려야 하는 거다.

이 밤, 관객들이 외줄 위를 걷고 있는 한 구의 시체를 명확하게 구별해내게 될 때만, 그들이 기묘한 감정—경악의, 공포의 감정이리라—을 느끼게 될 것임을 인정하거라!

…"저 냉기가 네 심장을 움켜쥘 것이고, 얼어붙게 할 것이다"…. 하지만, 음, 여기서 가장 신비한 것이기도 한데, 그러니까 그렇게 되는 동시에, 어떤 화덕 같은 것이 있어, 네게 발끝에서부터 파고들어올 얼음처럼 차가운 죽음을 끊임없이 너의 중심으로 확대해내고 있다는 사실을 우리에게 알려주면서, 가볍고 또한 네 자태를 뿌옇게 흐려놓지는 않을 일종의 수증기 같은 것이 너에게서 빠져나오지 않으면 안 된다.

네 의상은 어때야 하냐고? 순결한 동시에 요염해야 한다. 피로 물들인 것 같은 붉은 저지로 만든, 몸에 착 달라붙는 서커스용 타이츠가 그것이다. 이 타이츠가 네 근육의 결들을 선명하게 드러내주고, 너를 감싸며, 너를 알맞게 조일 것이지만, 목덜미—마치 그 밤에 사형집행인이 네 목을 끊어내기라도 할 것처럼 선명하게 재단되고, 동그랗게 탁 트인—그런 목덜미에서 네 엉덩이에 이르기까지, 이 또한 붉은색의, 금술로 장식된 자락이 가볍게 흔들 견장도 하나 있을 것이다. 붉은색 무도화, 견장, 허리띠, 목 테두리, 무릎 아래의 리본들은 황금색 스팽글로 장식되어 있다. 이것들은 모두, 너를 빛나게 할 것이 분명하지만, 서커스의 저 섬세한 상징들인, 제대로 꿰매지지 않은 스팽글 몇 개를, 무엇보다도 네가 분장실에서 무대로 오는 동안, 톱밥 위로 떨굴 수 있게 하기 위해 마련된 것이다. 해가 지기 전, 네가 상점에 가게 될 때, 네 머리카락에서도 이것들이 떨어진다. 땀이 그중 하나를 네 어깨에 붙여놓았다.

타이츠 위로 불거져 나온, 네 불알이 감추어져 있는 주머니, 거기에 금빛 용 한 마리가 새겨질 것이다.

나는 그에게 카밀라 마이어에 대해 이야기한다 ― 그러나 이와 마찬가지로 아주 멋졌던 멕시코인 콘 콜레아노에 대해서도 말하려고 하는데, 아, 그의 춤은 또 어땠는가! ― 카밀라 마이어는 독일 여자였다. 내가 그녀를 보았을 당시, 그녀는 아마 마흔 살쯤 되었을 것이다. 마르세유에서, 비유포르[8]의 앞마당에, 그녀는 포석 위 30미터 높이에 외줄을 쳤다. 한밤중이었다. 조명이 수평으로 뻗은 높이 30미터의 외줄을 환하게 비추어주고 있었다. 이 외줄에 도달하기 위해, 그녀는 지면에서 시작하는 200미터 길이의 비스듬한 줄 하나를 밟고 천천히 나아갔다. 경사진 줄의 중간쯤에 이르자, 그녀는 휴식을 취하기 위해 외줄 위로 무릎 한쪽을 꿇었고, 다시 균형을 잡기 위한 장대를 제 넓적다리 위에 올려 붙잡아두고 있었다. 작은 플랫폼에서 그녀를 기다리고 있던 그녀의 아들(열여섯 살 정도 되었을 것이다)이 외줄 한가운데로 의자 하나를 가져왔고, 그러자 저 반대편 끝에서 전진해온 카밀라 마이어가 수평으로 쳐진 외줄 위에 도착하였다. 그때까지 줄 위에서 오로지 제 두 발로만 휴식을 취해왔던 그녀가 이 의자를 받았

고, 그러고 나서 거기에 앉으려고 시도하였다. 홀로 말이다. 그녀는 의자에서 내려왔다. 여전히 홀로…. 저 아래, 그녀의 발밑에서, 머리란 머리는 모두 아래로 숙여졌고, 두 손이 그들의 눈을 가리고 있었다. 이렇게 관객들은 곡예사에게 예의를 갖추지 않았다: 그러니까 그녀가 죽음을 건드리며 지날 때 죽음을 응시하려는 노력을 하지 않았던 것이다.

　　"그런데 너는, 너는 무얼 하고 있었지?" 그가 내게 말한다.

　　"나는 줄곧 지켜보고 있었어. 그녀를 도와주려고, 그녀에게 경의를 표하려고, 왜냐하면 그녀는 자신의 추락과 자신의 죽음 속으로 죽음을 데리고 들어가려고 밤의 가장자리로 죽음을 데리고 왔기 때문에."[9]

네가 떨어진다면, 너는 가장 관례적인 추도사를 받을 자격을 갖추게 될 것이다: 황금과 피 웅덩이, 저무는 태양의 늪… 그런 것 따위. 너는 이외에 그 어떤 것도 기대해서는 안 된다. 서커스란 아주 관례적인 것이다.

무대에 도착할 때, 거만한 걸음걸이를 염려하거라. 네가 입장한다: 그러면 곧장, 도약의, 공중제비의, 외발 돌기의, 바퀴 돌기의 연속이며, 이 동작들이 네가 춤을 추면서 기어오를 네 도구의 저 발치로 너를 이끌어줄 것이다. 네 최초의 도약—무대 뒤에서 준비했던—이 시작된다는 것은, 묘기에서 묘기로 이어지리라는 사실을 사람들이 이미 알고 있다는 것이나 다름없다.

이어 춤을 추거라!

　　그러나 발기해야 한다. 네 몸은, 붉게 달아오르고, 성이 난 성기로부터 교만한 원기를 취해오게 될 것이다. 바로 이러한 이유로 나는 네가 네 이미지 앞에서 춤을 추고, 게다가 네가 그 이미지와 사랑에 빠지라고 너에게 권고했던 것이다. 너는 이 이미지를 잘라내지 말아야 한다: 춤추는 것은 바로 나르키소스다. 그러나 이 춤은, 구경꾼이 그렇다고 느끼는, 너의 이미지와 동일시되려는, 오로지 네 몸이 꾀하는 어떤 시도일 뿐이다. 너는 단지 기계적이고 조화로울 뿐인 완벽, 그 이상이다: 그러니까 너에게서 어떤 열기가 새어 나오고 그 열기가 우리를 뜨겁게 만드는 것이다. 네 배가 활활 타오를 것이다. 그럼에도 불구하고 우리들을 위해 춤을 추지 말고 너를 위해 추거라. 우리가 서커스에 보러 온 것은 창부(娼婦)가 아니라, 쇠로 만든 외줄 위에서 달아나고 실신하는 제 이미지를 뒤쫓고 있는 고독한 연인인 것이다. 그것도 항상 이 지옥과도 같은 고장에서. 따라서 우리를 매혹에 빠지게 하는 것은 바로 이 고독인 것이다.

수많은 순간 중 에스파냐 군중이 기대하고 있는 순간은 수소가 돌격해 뿔로 투우사의 하의를 찢으려고 하는 순간이다: 열상(裂傷)으로 인한, 피 그리고 성기. 상처를 드러내고 그런 다음 자극하려 애쓰지 않을 나신은 얼마나 어리석은가! 바로 이러한 이유로, 외줄타기 곡예사는 옷을 입고 있어야만 하며, 그것도 반드시 타이츠를 착용해야만 할 것이다. 타이츠는, 수놓인 태양들, 별들, 무지개, 새 등으로 새겨질 것이다. 고정된 시선으로부터 곡예사를 보호해주기 위한, 어떤 사고(事故)를 가능하게 해줄, 어느 저녁 무렵 다른 타이츠에 제 자리를 양보할, 찢겨나갈 타이츠 하나.

이걸 말해야만 하는 것일까? 나는 외줄타기 곡예사가 반백의 가발을 쓰고, 이가 빠진, 늙은 걸인의 모습으로 낮 동안 생활하는 것도 받아들일 수 있을 것 같다: 그러니까 그런

144

모습을 보면서, 사람들은 누더기 속에서 휴식을 취하고 있는 운동선수도 있다는 사실을 알게 될 것이고, 밤과 낮 사이에 벌어진 저 어마어마하게 큰 차이를 사람들이 존중해줄 수도 있을 것이다. 그렇게 해서 저녁에 모습을 드러내는 것이다! 그러면 그가, 이 외줄타기 곡예사가, 이가 들끓는 걸인인지 눈부시도록 찬란한 고독한 존재인지, 어느 쪽이 특출한 존재인지 더 이상은 알 수 없게 되는 것 아닐까? 혹은 끊임없이 이쪽과 저쪽을 왔다 갔다 하게 되는 것은 아닐까?

오늘 저녁 왜 춤을 추는 것인가? 왜 융단 위 8미터의 조명 아래서, 외줄 위에서, 뛰어 오르고, 뛰어넘는가? 그 이유는 네가 너 자신을 발견해야만 하기 때문이다. 사냥감이자 사냥꾼이기도 한 너는, 오늘 저녁 수풀에서 갑자기 너의 모습을 드러내기도 하고, 몸을 빼내어 도망을 치기도 하고, 너 자신을 찾아가기도 할 것이다. 무대에 들어서기 전에 너는 대체 어디에 있었던 것일까? 슬프게도 네 일상적인 몸짓 속에 뿔뿔이 흩어져, 너라는 존재는 있지도 않았다. 무대의 조명 빛 아래 너는 너 자신을 정돈할 필요를 느끼리라.[10] 매일 밤, 신발을 묶거나, 코를 풀거나, 몸을 닦거나, 비누를 사거나 하는 습관적인 몸짓의 세례 속에 흩어지고 사라진 너는, 오로지 너 자신만을 위해, 조화로운 존재가 되기 위해 노력하며 외줄 위를 달리고, 거기서 네 몸을 꼬고, 거기서 네 몸을 뒤틀 것이다. 그러나 너는 오로지 어떤 한순간에 이르게 될 것이고 오직 어떤 한순간만을 포착할 것이다. 그것도 항상 저 죽음에 이르는 새하얀 고독 속에서.

그러나 네 줄은—다시 언급하겠지만—네가 네 우아함을 빚고 있는 것이 바로 자신의 탁월함 때문이라는 사실을 잊지 않을 것이다. 분명 너의 탁월함에 빚지고 있겠지만, 제 탁월함을 발견하고 또 드러내 보이기 위해서라도 그렇게 할 것이다. 시합 따위는 너나 네 줄 모두에게 어울리지 않는 것이다: 그러니 네 줄을 가지고 놀아라. 네 발가락으로 그를 위협하고, 네 발뒤꿈치로 그를 놀라게 하라. 서로 가 서로에 대해서라면, 둘 다 잔혹해지는 것을 두려워하지 말거라: 그렇게 살을 베는 저 날카로운 잔혹성, 그것이 바로 너희를 빛나게 할 것이다. 하지만 가장 정중한 예의를 절대 잃지 않도록 항상 주의 를 기울이거라.

네가 승리를 한다면 누구를 상대로 그런 것인지 알아두어라. 우리들 을 상대로, 그러나… 네 춤은 증오에 가득 차리라.

어떤 위대한 불행과 뒤섞이지 않고서는 우리는 예술가가 아니다.

그 어떤 신에게 품은 증오인 것가? 어째서 그것을 극복해야 하는 것일까?

외줄 위의 사냥, 네 이미지의 추적, 그리고 네가 건드리지 않고서 쏜아부을, 그것에 상처를 입히지 않고 또한 그것으로부터 빛이 뿜어져 나오게 할 네 이미지의 화살들, 그런 것들은 따라서 하나의 축제이 다. 네가 그것을 붙잡는다면, 그 이미지, 그것이야말로 바로 **축제**다.

나는 기묘한 갈증 같은 것을 느끼고 있다, 나는 들이켜고 싶다, 다시 말해, 고통을 느끼고 싶다, 다시 말해, 들이켠다는 것 그것은 한편 으로 하나의 축제가 될 고통에서 올 취기를 느낀다는 것이리라. 너 는 병에 의해, 굶주림에 의해, 감옥에 의해 불행해질 수 없으니, 그 무엇도 너를 구속하지 않은 상태에서, 오로지 네 예술에 의해 그렇 게 되어라. 우리에게는—너에게나 나에게나—훌륭한 곡예사 한 명 이 중요한 것이다: 너는, 그러니까 불타오르는, 몇 분간을 지속시키는 너는, 단박에 알아볼 수 있는 명인(名人)이 될 것이다. 너는 불타오르리라. 네 외줄 위에서 너는 벼락이 되리라. 또한 네가 그러려고만 한다면, 너는 고독한 무용수이리라. 무엇이 불을 붙였는지는 나는 모르겠지만, 무언가가 너를 비추어 밝히고, 너를 불태우리라. 너를 춤추게 하는 것은 바로 무시무시한 불운이리라. 관객이랴? 관객은 고작해야 불밖에 못 보는데다가, 네가 장난을 친다고 믿으면서, 방화범이 바로 너라는 사실에 무지한 채, 저 화재에 갈채를 보낼 것이다.

발기하라, 발기하게 만들어라. 네게서 나온, 또한 빛나는 이 열기, 그것은 바로 너 자신을 위한—또는 네 이미지를 위한—, 결단코 충족될 수 없는 욕망이다.[11]

중세의 전설들은, 다른 선택이라곤 없었기에, 자신들의 재주를 성모 마리아에게 바쳤던 곡예사들에 관해 들려준다. 대성당 앞에서 그들은 춤을 추었다. 네가 어떤 신에게 네 능란한 솜씨를 펼쳐 보일지 나 알지는 못하지만, 네게 필요한 신은 단 하나이어야만 한다. 필경, 한 시간 동안, 네가 무용을 하는 동안, 네가 존재하게 만들 신. 무대로 입장하기 전에, 너는 그저 무대 뒤의 혼잡한 무리들과 뒤섞여 있던 한 인간이었다. 여타의 곡예사들, 광대들, 공중그네 곡예사들, 곡마사들, 시중드는 소년들, 어릿광대들과 너를 구별해주는 것은 아무것도 없었다. —아무것도, 네 눈에 벌써 아른거리고 있는 저 애수만을 제외하고는 없다, 그 애수를 떨쳐버리지 말아라, 그러면 네 얼굴에서 시(詩)를 전부 쫓아버리는 일이 되어버릴 것이다! —아직 저 신은 그 누구에게도 존재하지 않는다… 너는 네 가운을 매만진다, 너는 네 이빨을 닦는다…. 네 몸짓은 다시 취해질 수 있다….

돈? 전? 그런 것들을 벌어둘 필요가 있으리라. 미어터질 때까지, 외줄타기 곡예사는 그것을 벌어들이지 않으면 안 되리라… 어떻게 되었건 간에 그의 삶은 파괴되고 말 것이다. 돈은 그러니까 가장 평온한 영혼을 타락하게 할 줄 아는 일종의 부패를 야기하며 사용될 수 있기 때문이다. 더 많은, 더 많은 전! 미친, 가증스러운 쇳가루! 고것을 모아 지저분한 집 한 귀퉁이에 쌓아둘 것, 전혀 손대지 않을 것, 본척만척 제 손가락으로 똥구멍이나 후빌 것. 밤이 다가오면 크게 눈을 뜰 것, 이 악(惡)으로부터 네 몸을 빼낼 것, 그러고는 그날 저녁 외줄 위에서 춤을 출 것.

　　나는 그에게 다시 말한다.

　　"너는 유명해지려고 기를 써야 할 거다…."

　　"어째서?"

　　"악을 행하려면."

　　"그렇게나 많은 전을 내가 벌게 되는 건 피할 수 없는 거냐?"

　　"피할 수 없어. 황금비가 네게 쏟아져 내릴 수 있도록 너는 철 줄 위에 등장해야 해. 그러나 춤을 제외하고는 그 무엇도 네 관심을 끌지 못할 것이니, 낮 동안 너는 썩어갈 것이야."

　　그는 썩어가되, 저녁 나팔이 울리자마자 산산이 흩어져버릴 어떤 악취가 그를 으깨버리거나, 그를 구역질 나게 할, 모종의 방식이 있어야 한다.

…그럼에도 불구하고 너는 입장한다. 네가 관객을 위해 춤추고자 한다면, 관객은 이를 알아차릴 것이고, 너는 패배할 것이다. 너는 그들에게 익숙한 사람들 중 한 명이 되어 여기에 있게 된다. 너에게 매혹되는 일은 완전히 사라져버리고, 관객은 네가 그들을 더는 손에 넣

지 못하는 이곳에서 엄숙하게 저 자신에게로 침잠하게 되리라.

　　너는 입장한다, 그리고 너는 혼자. 겉보기에 그렇다고 하겠는데, 왜냐하면 신이 거기에 있기 때문이다. 그는 어디인지 나도 모르는 곳에서 온다, 어쩌면 네가 입장하면서 그를 데려왔던 것일지도, 아니면 고독이 야기한 것일지도 모르나, 어느 쪽이라도 결국 똑같다. 네가 너의 이미지를 사냥하듯 쫓는 것은 그를 위해서다. 너는 춤을 춘다. 원을 그리는 저 얼굴. 정교한 몸짓, 정확한 자세. 이런 것을 재연하는 것은 불가능하며, 그게 아니라면 너는 영원히 죽게 될 것이다. 진지하고도 창백하게, 춤을 추거라, 그리고 네가 할 수만 있다면, 두 눈도 감아라.

어떤 신에 대해 나는 네게 말하고 있는 것일까? 나 자신에게도 똑같이 물어본다. 하지만 신은 비판의 부재이며 완전무결한 심판관이다. 신은 네 사냥을 지켜보고 있다. 신이 너를 받아들여 네가 찬란히 빛나게 되거나, 그렇지 않다면 신은 멀어질 것이다. 네가 신 앞에서 홀로 춤출 것을 선택했다면, 너는, 네 또렷한 말투의 저 정확성으로부터 벗어날 수 없을 것이며, 이 말투의 포로가 되어버린다: 그러니까 너는 추락할 수가 없다.

　　그렇다면 신은, 오로지, 이 철 줄 위 네 몸에 들러붙어 있는 모든 가능성들, 네 의지의 모든 가능성들의 총합일 수밖에 없다는 것인가? 신성한 가능성들!

연습할 때, 네 공중제비가 이따금 너에게서 벗어날 것이다. 네가 길들여야 하는 임무를 짊어진 사나운 맹수들처럼 네 도약을 간주하는 것을 두려워하지 마라. 이 도약은, 네 안에서, 길들여지지 않은 채로, 산만하게 흩어진 채로—따라서 불행한 상태로—있을 뿐이다. 이 녀석에게 인간의 형상을 부여하는 데 필요한 모든 것을 하거라.

…"별을 아로새긴 붉은색 타이츠 하나". 네가 가장 손쉽게 너의 이미지에 스며들게 하기 위해서, 또한 네가 만약 네 철 줄을 쓸어가려 한다면, 결국 너나 네 철 줄 모두를 사라지게 하기 위해서―그러나 너 역시도 할 수 있는, 그 어디에서도 오지 않고 어디로랄 것도 없이 떠나는 이 비좁은 길―그 길의 6미터 길이는 무한한 하나의 선이고 하나의 감옥이리―나는 너에게 의상들 중 가장 전통적인 것을 원하였고, 한 편의 드라마가 공연되기를 욕망하였다.

게다가, 누가 알겠는가? 네가 외줄에서 떨어지면? 들것을 든 사람들이 너를 싣고 갈 것이다. 오케스트라가 울려 퍼질 것이다. 누군가 호랑이 무리든 여자 곡마사든 입장을 시킬 것이다.

연극처럼, 서커스는 밤이 다가올, 저 저녁 무렵에 열리지만, 또한 한낮에 제공되는 경우도 있다.
우리가 극장에 가는 까닭은 졸음이기도 할 저 일시적인 죽음의 대기실, 그 입구 깊숙이 뚫고 들어가기 위해서다. 이는, 해가 저물면서 벌어질, 가장 장중한, 최후의, 그러니까 우리의 장례식과 매우 근접한 무엇이 바로 하나의 축제이기 때문이다. 막이 오르면 우리는 지옥의 가장(假裝)들이 마련되어 있는 어떤 장소로 들어갈 것이다. 그것(이 축제)이 순결할 수 있도록 이 축제가 어떤 사념 하나에 의해, 이를 망쳐버릴 수 있는 실제적인 어떤 요구 하나에 의해 중단될 위험 없이 펼쳐질 수 있는 것은 바로 저녁 무렵이다….
· ·
그러나 서커스인 것이다! 서커스는 예민하고도 완전한 몰입을 요청한다.
거기서 제공되는 것은 우리들의 축제가 아니다. 이는

우리를 각성의 상태에 머물게 강제하는 절묘한 기예인 것이다.

관객—너를 존재하게 해주는, 그들 없이는 내가 너에게 이야기했던 저 고독을 네가 절대로 가질 수 없는—관객은 결국에는 네가 찔러 죽여야 할 맹수다. 너의 대담함을 동반한 네 완벽함이, 네가 나타나는 시간에 맞추어, 관객을 완전히 전멸시켜버릴 것이다.

관객의 무례함: 그러니까 지극히 위험한 네 동작이 지속되는 동안, 눈을 감고 있는 행위와 같은 것. 네가 관객의 혼을 빼놓으려고 죽음을 살짝 건드릴 때, 관객은 눈을 감아버릴 것이다.

이러한 사실이 서커스를 사랑해야 하고 세상을 경멸해야 한다라고 말하게끔 나를 이끈다. 대홍수 시대에서 거슬러 올라온, 저 한 마리의 거대한 짐승이 도시 위로 육중하게 제 몸을 내려놓는다: 우리는 들어간다, 그리고 괴물은 기계적이고 잔인한 재주들로 충만해 있다: 여자 곡마사들과, 어릿광대들과, 사자들과 그들의 조련사들, 마술사, 광대, 독일 공중그네 곡예사들, 말하고 셈하는 말 한 마리, 그리고 너.

　　그대들은 우화의 시대가 남긴 잔여물이다. 그대들은 아주 멀리에서 되돌아온다. 그대들의 선조는 잘게 부서진 유리 조각을, 불을 삼켰었다, 그들은 뱀 무리에게, 비둘기 무리에게 마법을 걸었었고, 계란을 가지고도 재주를 부렸었고, 말들을 모아 의회를 열게 할 줄도 알았었다.

　　그대들은 우리 세계와 이 세계의 논리에 대한 준비가 되어 있지 않다. 그대들은 그러니까 저 비참함을 받아들여야만 한다: 그대들 저 필사의 곡예가 펼쳐낼 환영(幻影)의 밤을 살아내기. 낮은 죽음의 위력에 다름 아닌 서커스의 위력에 지나치게 단단히 붙잡힌 채 그대가 서커스 입구를 두려워하게―감히 우리의 삶으로 들어오지 못한 채―남겨둔다. 이 막사의 거대한 배[腹]를 결코 떠나지 말아주기를.

밖, 밖이라는 것은 음정이 엉망인 잡음이며, 그것은 혼란이다: 안, 안이라는 것은 수천 년 전부터 이어온 혈통에서 비롯된 확실한 무엇이며, 그대들 자신을 장엄하게 드러내는 데 소용될 정확한 놀이들이 벼려지고 있는, **축제**를 준비할, 일종의 공장과도 같은 곳과 연관되어 있다는 사실을 스스로 알게 될 안전한 무엇이다. 그대들은 오로지 이 **축제**만을 위해 살아간다. 일가(一家)의 아버지들과 어머니들이 어울려 화합하는 잔치를 말하는 게 아니다. 나는 그대들의 저 몇 분 동안의 퍼포먼스를 말하고 있다. 저 괴물의 양 옆구리에서, 어렴풋이, 그대는 절정에 이르러 저 자신에게 현현(顯顯)하려 애를 쓸 것이라는 사실, 우리들 각각도 그렇게 할 것이라는 사실을 잘 이해하고 있다. 몇 분이 지속되는 동안 스펙터클이 너를 변화시키는 것은 어쨌든 너 자신 속에서인 것이다.[12] 너의 저 간결한 최후가 우리에게 환한 빛을 비출 것이다. 그러는 동시에 너는 그곳에 갇히게 되고 네 이미지는 계속해서 거기서 벗어나려 할 것이다. 그대들이 그대들을 거기에, 그러니까 성좌의 발치에, 무대 위이면서도 허공인 곳에 붙박아둘 힘을 가지고 있다는 사실이 바로 경이로움을 자아내게 될 것이다.[13] 이러한 특권을 예약한 영웅들은 사실 없는 것이나 마찬가지라고 해야 한다.

그러나 10초―너무 짧은가?―가 그대들을 빛낼 것이다.

연습할 때, 기술을 잊게 되더라도 너는 슬퍼하면 안 된다. 매우 능숙한 상태에서 시작하게 될 것이지만, 그러나 여기에서, 외줄로부터, 점프에서, **서커스와 춤**에서, 조금이라도 절망하지 않아야만 한다.

쓰라린 시간—지옥과도 같은—을 너는 곧 알게 될 것이다, 네 예술의 거장이 되어 네가 다시 등장할 수 있는 것은 오로지 이 어두운 숲[14]을 통과한 다음일 뿐이다.

최대치의 감동을 부여하는 불가사의 중 하나는 이런 것이다: 그러니까 빛나는 시절이 지나간 후, 모든 예술가들이, 자신의 논리와 제 숙련된 기술을 상실할 위험을 겪으면서 절망적인 지대를 가로지르게 될 것이라는 사실. 혹여 이겨내고서 무사히 빠져나올지도….

너의 도약들—그것을 짐승들의 무리처럼 간주하는 걸 두려워하지 말거라. 네 안에서, 이 짐승들은 야생의 상태로 살아가고 있었다. 저 자신에 대해 불확실한 상태에서, 이 짐승들은 서로가 서로를 찢어발겼으며, 서로의 살점을 뜯어 먹었고 닥치는 대로 서로 교미를 해왔다. 네 도약들의, 네 뜀들의 그리고 네 회전들의 무리를 사육하거라. 각각이 다른 것들과 더불어 아주 총명하게 살아갈 수 있도록 말이다. 그리고 나서, 그럴 생각이 있다면, 변덕에 의해 우연에 내맡기지 말고, 정성을 기울여, 교배에 착수하거라. 이렇게 해서, 너는 이전까지 무질서하고 무익했던 짐승들 한 무리를 이끄는 목자가 될 것이다. 너의 마력 덕택에, 짐승들은 복종을 하게 되고 또한 재치를 갖추게 될 것이다. 너의 뜀, 너의 회전, 너의 도약은 네 안에 있었으나 그 사실에 대해 전혀 알지 못하였고, 네 마력 덕분에 그것들이 존재한다는 사실과 그것들이 너를 빛나게 할 바로 너 자신이라는 사실도 알게 될 것이다.

내가 너에게 말한 것들은 쓸모없는, 몹시 서툰 조언이다. 그 누구도 이 조언을 따를 방법을 알지 못할 것이다. 하지만 나는 다른 것은 바라지 않았다: 오로지 저 예술에 관하여 그 열기가 너의 두 뺨으로 차올라올 시 한 편을 쓰려 했을 뿐이다. 요지는 너를 가르치는 데 있었던 것이 아니라, 너를 활활 타오르게 하는 것이었다.

1. 주네의 첫 소설 『꽃피는 노트르담』에 등장하는 동성애자 중 한 명. 본명은 압달라 벤타가(Abdallah Bentaga). 주네는 1955년, 당시 19세였던 압달라를 만난다. 독일인 어머니와 알제리 출신 곡예사 아버지 사이에서 태어난 그는 어렸을 때부터 줄타기를 비롯해 서커스 곡예를 연습하였다. 주네는 그에게서 외줄타기 곡예사의 재능을 알아보았고, 그의 군 입대를 만류하였으며, 1957년 이 분야의 최고 전문가에게 곡예 기술을 배울 수 있도록 유럽 곳곳을 돌아다녔다. 그의 연습 과정을 직접 지켜보며 비판을 하였고, 목표를 설정해 주었으며, 엄격한 훈련을 주문하였다. 압달라 역시 진지하고도 열정적으로 훈련에 임하였다. 이 둘은 부자 관계나 마찬가지였다. 주네는 그가 독보적인 외줄타기 곡예사로 성장하는 데 필요한 물질적 지원을 아끼지 않았고, 그가 성장하는 모습을 지켜보고자 하였다. 에드먼드 화이트(Edmund White)의 『장 주네(Jean Genet)』(갈리마르, 1993) 439–52쪽 참조.

2. paillette. 반짝거리도록 옷에 장식으로 붙인 동그란 금속편(片).

3. flic-flac. 폴짝거리며 뛰는 곡예 동작.

4. courbette. (말이) 뒷발로 서고 앞발을 살짝 구부린 자세.

5. 조제프 조아노비치(Joseph Joanovici)는 루마니아 출신의 프랑스 유대인으로 고철 장수였다. 그는 수많은 금속을 나치와 레지스탕스에게 두루 제공하여 억만장자가 되었으며, 동시에 소비에트의 스파이 노릇을 하기도 했다. 나치 협력 혐의로 5년 형을 언도받고 복역한 후 1952년 풀려난 그는 프랑스에서 추방 명령을 받고 이스라엘에 정착하였으나, 1962년까지 감옥살이를 하다 병보석으로 풀려나 1967년 사망했다.

6. 본문 중 단락을 들이고 서체를 달리 처리한 부분들은 원문에서는 이탤릭체로 표기된 대목들로(이 경우 분량이 많아 방점으로 처리하지 않았다—편집자), 이는 압달라에게 건네는 충고가 아니라 오히려 주네가 자기 자신과 나누는 대화라고 할 수 있다.

7. 자코메티와 렘브란트, 압달라는 주네에게 있어서 자신의 삶을 통째로 거는 이미지를 창출할 창조자로 묘사된다. 주네는 「자코메티의 아틀리에」, 「렘브란트의 비밀」, 「외줄타기 곡예사」, 이 세 작품의 예술적 비밀과 미학적 가치가 삶을 걸고 만들어낸 이미지와 그 이미지를 따라 실천하는 행위에 있다고 하였다.

8. Vieux-Port. 마르세유의 옛 항구 지역.

9. 주네는 1935년 6월 유명한 독일 곡예사 카밀라 마이어(Camilla Meyer)가 마르세유의 거리에서 펼쳤던

공연을 직접 보았다. 콘 콜레아노(Con Colleano)는 당시 세계 서커스계의 최고 스타였으며, 1949년 4월 프랑스의 메드라노 서커스에서 일했다.

10. 우리가 참조한 원본에는 "l'ordonner"로 적혀 있다. 그러나 장 주네의 『희곡 전집(Théâtre complet)』(플레이아드 총서 [Bibliothèque de la Pléiade], 갈리마르, 2002, 829쪽)에는 "t'ordonner"로 적혀 있으며, 맥락과 부합한다고 판단되어 번역은 이를 따랐다.

11. 주네는 순간 솟아오르는 이미지를 죽음의 이미지와 하나로 보았으며, 여기에 예술의 성패가 달려 있다고 여겼다. 따라서 오로지 자신의 목숨을 걸고 무언가를 도모할 때 현현한 이 이미지를 만들어내는 시도를 요구하는 것이며, 그것이 예술의 원천이자 그 힘이 바로 그림을 그리게 하고 곡예를 한순간의 예술적 재현으로 승화시킨다고 보았다.

12. 말라르메의 유명한 시구, "마침내 영원이 그를 그 자신으로 바꿔놓는 그런 시인이(Tel qu'en Lui-même enfin l'éternité le change)"(스테판 말라르메, 『시집』, 황현산 옮김, 문학과지성사, 2005, 112쪽)를 직접적으로 암시하는 대목이다. 이 시구가 「에드거 포의 무덤」의 첫 행이라는 사실은 뒤이은 문장의 장례식 배경을 설명해준다.

13. 파스칼 카롱(Pascal Caron)은 말라르메의 시 「에드거 포의 무덤」에 대한 개인적인 해석을 주네가 제안한 것이라고 말한다. 주네는 무덤을 공연의 배경으로 삼았고, 죽음을 현존하는 것으로 변형시키고 침묵으로 환원하면서, 외줄타기 곡예사를 줄 위에서 부재하는 무엇이 되기 위해 죽음을 연습하는 존재로 그리고 있으며 이는 바로 말라르메의 시에서 모티브를 가져온 것이라고 카롱은 설명한다. 파스칼 카롱, 「스팽글을 좀 더 달자면… 장 주네의 「외줄타기 곡예사」 그리고 움직임의 시적 이미지(Pour quelques paillettes en plus... "Le funambule" de Jean Genet et l'image poétique du mouvement)」, 『문학(Littérature)』 139호, 2005, 36쪽.

14. 단테의 『신곡』 중 「지옥 편」 첫 노래에 등장하는 "어두운 숲 (selva oscura)"에 대한 직접적인 암시이다. 주네는 이 이미지를 희곡 「칸막이들」에서 수차례 차용한다.

Jean Genet

Le Condamné à mort et autre poèmes
suivi de Le Funambule

Le Condamné à mort

à
Maurice
PILORGE
assassin de
vingt ans

LE VENT qui roule un cœur sur le pavé des cours,
Un ange qui sanglote accroché dans un arbre,
La colonne d'azur qu'entortille le marbre
Font ouvrir dans ma nuit des portes de secours.

Un pauvre oiseau qui meurt et le goût de la cendre,
Le souvenir d'un œil endormi sur le mur,
Et ce poing douloureux qui menace l'azur
Font au creux de ma main ton visage descendre.

Ce visage plus dur et plus léger qu'un masque
Et plus lourd à ma main qu'aux doigts du receleur
Le joyau qu'il empoche; il est noyé de pleurs.
Il est sombre et féroce, un bouquet vert le casque.

Ton visage est sévère: il est d'un pâtre grec.
Il reste frémissant au creux de mes mains closes.
Ta bouche est d'une morte où tes yeux sont des roses,
Et ton nez d'un archange est peut-être le bec.

Le gel étincelant d'une pudeur méchante
Qui poudrait tes cheveux de clairs astres d'acier,
Qui couronnait ton front d'épines du rosier
Quel haut-mal l'a fondu si ton visage chante ?

Dis-moi quel malheur fou fait éclater ton œil
D'un désespoir si haut que la douleur farouche,
Affolée, en personne, orne ta ronde bouche
Malgré tes pleurs glacés, d'un sourire de deuil ?

Ne chante pas ce soir les « Costauds de la Lune ».
Gamin d'or sois plutôt princesse d'une tour
Rêvant mélancolique à notre pauvre amour ;
Ou sois le mousse blond qui veille à la grand'hune.

Il descend vers le soir pour chanter sur le pont
Parmi les matelots à genoux et nu-tête
« L'Ave Maris stella ». Chaque marin tient prête
Sa verge qui bondit dans sa main de fripon.

Et c'est pour t'emmancher, beau mousse d'aventure,
Qu'ils bandent sous leur froc les matelots musclés.
Mon Amour, mon Amour, voleras-tu les clés
Qui m'ouvriront le ciel où tremble la mâture

D'où tu sèmes, royal, les blancs enchantements
Qui neigent sur mon page, en ma prison muette :
L'épouvante, les morts dans les fleurs de violette,
La mort avec ses coqs ! Ses fantômes d'amants !

164

Sur ses pieds de velours passe un garde qui rôde.
Repose en mes yeux creux le souvenir de toi.
Il se peut qu'on s'évade en passant par le toit.
On dit que la Guyane est une terre chaude.

Ô la douceur du bagne impossible et lointain !
Ô le ciel de la Belle, ô la mer et les palmes,
Les matins transparents, les soirs fous, les nuits calmes,
Ô les cheveux tondus et les Peaux-de-Satin.

Rêvons ensemble, Amour, à quelque dur amant
Grand comme l'Univers mais le corps taché d'ombres.
Il nous bouclera nus dans ces auberges sombres,
Entre ses cuisses d'or, sur son ventre fumant,

Un mac éblouissant taillé dans un archange
Bandant sur les bouquets d'œillets et de jasmins
Que porteront tremblants tes lumineuses mains
Sur son auguste flanc que ton baiser dérange.

Tristesse dans ma bouche ! Amertume gonflant
Gonflant mon pauuvre cœur ! Mes amours parfumées
Adieu vont s'en aller ! Adieu couilles aimées !
Ô sur ma voix coupée adieu chibre insolent !

Gamin, ne chantez pas, posez votre air d'apache !
Soyez la jeune fille au pur cou radieux,
Ou si tu n'as de peur l'enfant mélodieux
Mort en moi bien avant que me tranche la hache.

Enfant d'honneur si beau couronné de lilas !
Penche-toi sur mon lit, laisse ma queue qui monte
Frapper ta joue dorée. Écoute, il te raconte,
Ton amant l'assassin sa geste en mille éclats.

Il chante qu'il avait ton corps et ton visage,
Ton cœur que n'ouvriront jamais les éperons
D'un cavalier massif. Avoir tes genoux ronds !
Ton cou frais, ta main douce, ô môme avoir ton âge !

Voler voler ton ciel éclaboussé de sang
Et faire un seul chef d'œuvre avec les morts cueillies
Çà et là dans les prés, les haies, morts éblouies
De préparer sa mort, son ciel adolescent...

Les matins solennels, le rhum, la cigarette...
Les ombres du tabac, du bagne et des marins
Visitent ma cellule où me roule et m'étreint
Le spectre d'un tueur à la lourde braguette.

LA CHANSON qui traverse un monde ténébreux
C'est le cri d'un marlou porté par la musique.
C'est le chant d'un pendu raidi comme une trique.
C'est l'appel enchanté d'un voleur amoureux.

Un dormeur de seize ans appelle de bouées
Que nul marin ne lance au dormeur affolé.
Un enfant reste droit, contre le mur collé.
Un autre dort bouclé dans ses jambes nouées.

J'AI TUÉ pour les yeux bleus d'un bel indifférent
Qui jamais ne comprit mon amour contenue,
Dans sa gondole noire une amante inconnue,
Belle comme un navire et morte en m'adorant.

Toi quand tu seras prêt, en arme pour le crime,
Masqué de cruauté, casqué de cheveux blonds,
Sur la cadence folle et brève des violons
Égorge une rentière en amour pour ta frime.

Apparaîtra sur terre un chevalier de fer
Impassible et cruel, visible malgré l'heure
Dans le geste imprécis d'une vieille qui pleure.
Ne tremble pas surtout devant son regard clair.

Cette apparition vient du ciel redoutable
Des crimes de l'amour. Enfant des profondeurs
Il naîtra de son corps d'étonnantes splendeurs,
Du foutre parfumé de sa queue adorable.

Rocher de granit noir sur le tapis de laine,
Une main sur sa hanche, écoute-le marcher.
Marche vers le soleil de son corps sans péché,
Et t'allonge tranquille au bord de sa fontaine.

Chaque fête du sang délègue un beau garçon
Pour soutenir l'enfant dans sa première épreuve.
Apaise ta frayeur et ton angoisse neuve.
Suce mon membre dur comme on suce un glaçon.

Mordille tendrement le paf qui bat ta joue,
Baise ma queue enflée, enfonce dans ton cou
Le paquet de ma bite avalé d'un seul coup.
Étrangle-toi d'amour, dégorge, et fais ta moue !

Adore à deux genoux, comme un poteau sacré,
Mon torse tatoué, adore jusqu'aux larmes
Mon sexe qui se rompt, te frappe mieux qu'une arme,
Adore mon bâton qui va te pénétrer.

Il bondit sur tes yeux ; il enfile ton âme,
Penches un peu la tête et le vois se dresser.
L'apercevant si noble et si propre au baiser
Tu t'inclines très bas en lui disant : « Madame » !

Madame écoutez-moi ! Madame on meurt ici !
Le manoir est hanté ! La prison vole et tremble !
Au secours, nous bougeons ! Emportez-nous ensemble,
Dans votre chambre au ciel, Dame de la merci !

Appelez le soleil, qu'il vienne et me console.
Étranglez tous ces coqs! Endormez le bourreau!
Le jour sourit mauvais derrière mon carreau.
La prison pour mourir est une fade école.

SUR MON COU sans armure et sans haine, mon cou
Que ma main plus légère et grave qu'une veuve
Effleure sous mon col, sans que ton cœur s'émeuve,
Laisse tes dents poser leur sourire de loup.

Ô viens mon beau soleil, ô viens ma nuit d'Espagne,
Arrive dans mes yeux qui seront morts demain.
Arrive, ouvre ma porte, apporte-moi ta main,
Mène-moi loin d'ici battre notre campagne.

Le ciel peut s'éveiller, les étoiles fleurir,
Ni les fleurs soupirer, et des prés l'herbe noire
Accueillir la rosée où le matin va boire,
Le clocher peut sonner: moi seul je vais mourir.

Ô viens mon ciel de rose, ô ma corbeille blonde!
Visite dans sa nuit ton condamné à mort.
Arrache-toi la chair, tue, escalade, mords,
Mais viens! Pose ta joue contre ma tête ronde.

Nous n'avions pas fini de nous parler d'amour.
Nous n'avions pas fini de fumer nos gitanes.
On peut se demander pourquoi les Cours condamnent
Un assassin si beau qu'il fait pâlir le jour.

Amour viens sur ma bouche ! Amour ouvre tes portes !
Traverse les couloirs, descends, marche léger,
Vole dans l'escalier plus souple qu'un berger,
Plus soutenu par l'air qu'un vol de feuilles mortes.

Ô traverse les murs ; s'il le faut marche au bord
Des toits, des océans ; couvre-toi de lumière,
Use de la menace, use de la prière,
Mais viens, ô ma frégate, une heure avant ma mort.

LES ASSASSINS du mur s'enveloppent d'aurore
Dans ma cellule ouverte au chant des hauts sapins,
Qui la berce, accrochée à des cordages fins
Noués par des marins que le clair matin dore.

Qui grava dans le plâtre une Rose des Vents ?
Qui songe à ma maison, du fond de sa Hongrie ?
Quel enfant s'est roulé sur ma paille pourrie
A l'instant du réveil d'amis se souvenant ?

Divague ma Folie, enfante pour ma joie
Un consolant enfer peuplé de beaux soldats,
Nus jusqu'à la ceinture, et des frocs résédas
Tire ces lourdes fleurs dont l'odeur me foudroie.

Arrache on ne sait d'où les gestes les plus fous.
Dérobe des enfants, invente des tortures,
Mutile la beauté, travaille les figures,
Et donne la Guyane aux gars pour rendez-vous.

Ô mon vieux Maroni, ô Cayenne la douce !
Je vois les corps penchés de quinze à vingt fagots
Autour du mino blond qui fume les mégots
Crachés par les gardiens dans les fleurs et la mousse.

Un clop mouillé suffit à nous désoler tous.
Dressé seul au-dessus des rigides fougères
Le plus jeune est posé sur ses hanches légères
Immobile, attendant d'être sacré l'époux.

Et les vieux assassins se pressant pour le rite
Accroupis dan le soir tirent d'un bâton sec
Un peu de feu que vole, actif, le petit mec
Plus émouvant et pur qu'une émouvante bite.

Le bandit le plus dur, dans ses muscles polis
Se courbe de respect devant ce gamin frêle.
Monte la lune au ciel. S'apaise une querelle.
Bougent du drapeau noir les mystérieux plis.

T'enveloppent si fin, tes gestes de dentelle !
Une épaule appuyée au palmier rougissant
Tu fumes. La fumée en ta gorge descend
Tandis que les bagnards, en danse solennelle,

Graves, silencieux, à tour de rôle, enfant,
Vont prendre sur ta bouche une goutte embaumée,
Une goutte, pas deux, de la ronde fumée
Que leur coule ta langue. Ô frangin triomphant,

Divinité terrible, invisible et méchante,
Tu restes impassible, aigu, de clair métal,
Attentif à toi seul, distributeur fatal
Enlevé sur le fil de ton hamac qui chante.

Ton âme délicate est par-delà les monts
Accompagnant encore la fuite ensorcelée
D'un évadé du bagne, au fond d'une vallée
Mort, sans penser à toi, d'une balle aux poumons.

Élève-toi dans l'air de la lune, ô ma gosse.
Viens couler dans ma bouche un peu de sperme lourd
Qui roule de ta gorge à mes dents, mon Amour,
Pour féconder enfin nos adorables noces.

Colle ton corps ravi contre le mien qui meurt
D'enculer la plus tendre et douce des fripouilles.
En soupesant charmé tes rondes, blondes couilles,
Mon vit de marbre noir t'enfile jusqu'au cœur.

Ô vise-le dresé dans son couchant qui brûle
Et va me consumer! J'en ai pour peu de temps,
Si vous l'osez, venez, sortez de vos étangs,
Vos marais, votre boue où vous faites des bulles.

Âmes de mes tués! Tuez-moi! Brûlez-moi!
Michel-Ange exténué, j'ai taillé dans la vie
Mais la beauté, Seigneur, toujours je l'ai servie,
Mon ventre, mes genoux, mes mains roses d'émoi.

Les coqs du poulailler, l'alouette gauloise,
Les boîtes du laitier, une cloche dans l'air,
Un pas sur le gravier, mon carreau blanc et clair,
C'est le luisant joyeux sur la prison d'ardoise.

Messieurs, je n'ai pas peur! Si ma tête roulait
Dans le son du panier avec ta tête blanche,
La mienne par bonheur sur ta gracile hanche
Ou pour plus de beauté, sur ton cou, mon poulet..

Attention! Roi tragique à la bouche entr'ouverte
J'accède à tes jardins de sable désolés,
Où tu bandes, figé, seul, et deux doigts levés,
D'un voile de lin bleu ta tête recouverte

Par un délire idiot je vois ton double pur!
Amour! Chanson! Ma reine! Est-ce un spectre mâle
Entrevu lors des jeux dans ta prunelle pâle
Qui m'examine ainsi sur le plâtre du mur?

Ne sois pas rigoureux, laisse chanter matine
À ton cœur bohémien; m'accorde un seul baiser…
Mon Dieu, je vais claquer sans te pouvoir presser
Dans ma vie une fois sur mon cœur et ma pine !

PARDONNEZ-MOI mon Dieu parce que j'ai péché !
Les larmes de ma voix, ma fièvre, ma souffrance,
Le mal de m'envoler du beau pays de France,
N'est-ce assez, mon Seigneur, pour aller me coucher.
      Trébuchant d'espérance.

Dans vos bras embaumés, dans vos châteaux de neige !
Seigneur des lieux obscurs, je sais encore prier.
C'est moi mon père, un jour, qui me suis écrié :
Gloire au plus haut du ciel au dieu qui me protége,
      Hermès au tendre pied !

Je demande à la mort la paix, les longs sommeils,
Les chants des séraphins, leurs parfums, leurs guirlandes,
Les angelots de laine en chaudes houppelandes,
Et j'espère des nuits sans lunes ni soleils
      Sur d'immobiles landes.

Ce n'est pas ce matin que l'on me guillotine.
Je peux dormir tranquille. À l'étage au-dessus
Mon mignon paresseux, ma perle, mon Jésus
S'éveille. Il va cogner de sa dure bottine
       À mon crâne tondu.

IL PARAÎT qu'à côté vit un épilectique.
La prison dort debout au noir d'un chant des morts.
Si des marins sur l'eau voient s'avancer les ports,
Mes dormeurs vont s'enfuir vers une autre Amérique.

175

J'ai dédié ce poème à la mémoire de mon ami Maurice Pilorge dont le corps et le visage radieux hantent mes nuits sans sommeil. En esprit je revis avec lui les quarante derniers jours qu'il passa, les chaînes aux pieds et parfois aux poignets, dans la cellule des condamnés à mort de la prison de Saint-Brieuc. Les journaux manquent d'à-propos. Ils conçurent d'imbéciles articles pour illustrer sa mort qui coïncidait avec l'entrée en fonction du bourreau Desfourneaux. Commentant l'attitude de Maurice devant la mort, le journal l'Œuvre dit: « Que cet enfant eût été digne d'un autre destin. »

Bref on le ravala. Pour moi, qui l'ai connu et qui l'ai aimé, je veux ici, le plus doucement possible, tendrement, affirmer qu'il fut digne, par la double et unique splendeur de son âme et de son corps, d'avoir le bénéfice d'une telle mort. Chaque matin, quand j'allais, grâce à la complicité d'un gardien ensorcelé par sa beauté, sa jeunesse et son agonie d'Apollon, de ma cellule à la sienne, pour lui porter quelques cigarettes, levé tôt il fredonnait et me saluait ainsi, en souriant: « Salut, Jeannot-du-Matin! »

Originaire du Puy-de-Dôme, il avait un peu l'accent d'Auvergne. Les jurés, offensés par tant de grâce, stupides mais pourtant prestigieux dans leur rôle de Parques, le condamnèrent à vingt ans de travaux forcés pour cambriolage de villas sur la côte et, le lendemain, parce qu'il avait tué son amant Escudero pour lui voler moins de mille francs, cette même cour d'assises condamnait mon ami Maurice Pilorge à avoir la tête tranchée. Il fut exécuté le 17 mars 1939 à Saint-Brieuc.

Marche funèbre

I

IL RESTE un peu de nuit dans un angle à croupir.
Étincelle en coups durs dans notre ciel timide
(Les arbres du silence accrochent des soupirs)
Une rose de gloire au sommet de ce vide.

Perfide est le sommeil où la prison m'emporte
Et plus obscurément dans mes couloirs secrets
Éclairant les marins qui font de belles mortes
Ce gars hautain qui passe au fond de ses forêts.

II

C'EST EN MOI qu'il me boucle et c'est jusqu'à perpête
        Ce gâfe de vingt ans !
Un seul geste son œil, ses cheveux dans les dents :
Mon cœur s'ouvre et le gâfe avec un cri de fête
        M'emprisonne dedans.

181

À peine refermée avec trop de bonté
   Cette porte méchante
Que déjà tu reviens. Ta perfection me hante
Et j'entends notre amour aujourd'hui raconté
   Par ta bouche qui chante.

Ce tango poignardé que la cellule écoute,
   Ce tango des adieux.
Est-ce toi mon seigneur sur cet air radieux ?
Ton âme aura coupé par de secrètes routes
   Pour échapper aux dieux.

III

QUAND TU DORS des chevaux déferlent dans la nuit
Sur ta poitrine plate et le galop des bêtes
Écarte la ténèbre où le sommeil conduit
Sa puissante machine arrachée à ma tête
   Et sans le moindre bruit

Le sommeil fait fleurir de tes pieds tant de branches
Que j'ai peur de mourir étouffé par leurs cris.
Que déchiffre au défaut de ta fragile hanche
Avant qu'il ne s'efface un pur visage écrit
   En bleu sur ta peau blanche.

Mais qu'un gâfe t'éveille ô mon tendre voleur
Quand tu laves tes mains ces oiseaux qui voltigent
Autour de ton bosquet chargé de mes douleurs
Tu casses sans douceur des étoiles la tige
       Sur ton visage en pleurs.

Ta dépouille funèbre a des poses de gloire
Ta main qui la jetait la semant de rayons.
Ton maillot, ta chemise et ta ceinture noire
Étonnent ma cellule et me laissent couillon
       Devant un bel ivoire

IV

BELLES NUITS du plein jour
Ténèbres de Pilorge
C'est dans vos noirs détours
Mon couteau que l'on forge.

Mon Dieu me voici nu
Dans mon terrible Louvre.
À peine reconnu
Que ton poing fermé m'ouvre

Je ne suis plus qu'amour
Toutes mes branches brûlent
Si j'obscurcis le jour
En moi l'ombre recule.

Il se peut qu'à l'air pur
Mon corps sec tombe en poudre
Posé contre le mur
J'ai l'éclat de la foudre.

Le cœur de mon soleil
Le chant du coq le crève
Mais jamais le sommeil
N'ose y verser ses rêves.

Séchant selon mes vœux
Je fixe le silence
Quand des oiseaux de feu
De mon arbre s'élancent.

V

DES DAMES que l'on croit de nature cruelle
Leurs pages messagers portent des ornements.
Ils se lèvent la nuit ces rôdeurs de ruelle
Et sur un signe d'eux vous partez hardiment.

Or tel gosse vibrant dans sa robe de grâce
Me fut l'ange envoyé dont je suivais confus
Par la course affolé la lumineuse trace
Jusqu'à cette cellule où luisait son refus.

VI

QUAND J'AI VOULU chanter d'autres gammes que lui
Ma plume s'embrouillant dans les rais de lumière
D'un mot vertigineux la tête la première
Stupide je tombais par cette erreur conduit
        Au fond de son ornière.

VII

RIEN NE TROUBLERA plus l'éternelle saison
Où je me trouve pris. L'eau de la solitude
Immobile me garde et remplit la prison.
J'ai vingt ans pour toujours et malgré votre étude.

Pour te plaire ô gamin d'une sourde beauté
Je resterai vêtu jusqu'à ce que je meure
Et ton âme quittant ton corps décapité
Trouvera dans mon corps une blanche demeure.

Ô savoir que tu dors sous mon modeste toit !
Tu parles par ma bouche et par mes yeux regardes
Cette chambre est la tienne et mes vers sont de toi.
Revis ce qu'il te plaît car je monte la garde.

VIII

PEUT-ÊTRE c'était toi le démon qui pleurait
        Derrière ma muraille?
Revenu parmi nous plus preste qu'un furet
        Ma divine canaille.

Le sort détruit encor par un nouveau trépas
        Nos amours désolées
Car c'était encor toi Pilorge ne mens pas
        Que ces Ombres volées!

IX

L'ENFANT que je cherchais épars sur tant de gosses
Est mort dans son lit seul comme un prince royal.
Hésitant sur l'orteil une grâce le chausse
Et recouvre son corps d'un étendard loyal.

À la douceur d'un geste où s'accroche une rose
Je reconnais la main dévalisant les morts!
Seul tu fis ces travaux qu'un soldat même n'ose
Et tu descends chez eux sans craintes ni remords.

Comme ton corps un maillot noir gantait ton âme
Et quand tu profanais le tombeau désigné
Tu découpais avec la pointe d'une lame
La ligne d'un rébus par la foudre aligné

Nous t'avons vu surgir porté par la folie
Aux couronnes de fer accroché par les tifs
Dans cette bave en perle et les roses salies
Les bras entortillés d'avoir été pris vifs.

À peine revenu nous porter ton sourire
Et tu disparaissais si vite que j'ai cru
Que ta grâce endormie avait sans nous le dire
Pour un autre visage autres ciels parcouru.

De ton corps bien taillé sur un enfant qui passe
J'entrevois les éclats je lui veux te parler
Mais un geste de lui subtil de lui t'efface
Et te plonge en mes vers d'où tu ne peux filer.

Quel ange a donc permis qu'à travers les solides
Tu passes sans broncher fendant l'air de ta main
Hélice délicate à l'avant d'un bolide
Qui trace et qui détruit son précieux chemin ?

Nous étions désolés par ta fuite légère.
Un tête à queue brillant te mettait dans nos bras.
Tu bécotais nos cous et tu nous voulais plaire
Et ta main pardonnait à tous ces cheveux ras.

Mais tu n'apparais plus gosse blond que je cherche.
Je tombe dans un mot et t'y vois à l'envers.
Tu t'éloignes de moi un vers me tend la perche.
D'une ronce de cris je m'égare à travers.

Pour te saisir le Ciel fit de sublimes pièges
Féroces et nouveaux œuvrant avec la Mort
Qui surveillait du haut d'un invisible siège
Les cordes et les nœuds sur des bobines d'or.

Il se servit encor du trajet des abeilles
Il dévida si long de rayons et de fil
Qu'il fit captive enfin cette rose merveille :
Un visage d'enfant qui s'offrait de profil.

Ce jeu s'il est cruel je n'oserais m'en plaindre
Un chant de désespoir en crevant ton bel œil
S'affola de te voir par tant d'horreur étreindre
Et ce chant pour mille ans fit vibrer ton cercueil.

Pris au piège des dieux étranglé par leur soie
Tu es mort sans savoir ni pourquoi ni comment.
Tu triomphes de moi mais perds au jeu de l'oie
Où je t'ose forcer mon fugitif amant.

Malgré les soldats noirs qui baisseront leurs lances
Tu ne peux fuir du lit où le masque de fer
T'immobilise raide et soudain tu t'élances
Retombes sans bouger et reviens en enfer.

X

MON CACHOT bien-aimé dans ton ombre mouvante
Mon œil a découvert par mégarde un secret.
J'ai dormi des sommeils que le monde ignorait
      Où se noue l'épouvante.

Tes couloirs ténébreux sont méandres du cœur
Et leur masse de rêve organise en silence
Un mécanisme ayant du vers la ressemblance
      Et l'exacte rigueur.

Ta nuit laisse couler de mon œil et ma tempe
Un flot d'encre si lourd qu'elle en fera sortir
Des étoiles de fleurs comme on le voit d'un tir
      La plume que j'y trempe.

J'avance dans un noir liquide où des complots
Informes tout d'abord lentement se précisent.
Qu'hurlerais-je au secours ? Tous mes gestes se brisent
      Et mes cris sont trop beaux.

Vous ne saurez jamais de ma sourde détresse
Que d'étranges beautés que révèle le jour.
Les voyous que j'écoute après leurs mille tours
      À l'air libre se pressent.

Ils dépêchent sur terre un doux ambassadeur
Un enfant sans regard qui marque son passage
En crevant tant de peaux que son joyeux message
      Y gagne sa splendeur.

Vous pâlissez de honte à lire le poème
Qu'inscrit l'adolescent aux gestes criminels
Mais vous ne saurez rien des nœuds originels
      De ma sombre véhème.

Car les parfums roulant dans sa nuit sont trop forts.
Il signera Pilorge et son apothéose
Sera l'échafaud clair d'où jaillissent les roses
      Bel effet de la Mort.

XI

LE HASARD fit sortir — le plus grand ! des hasards
Trop souvent de ma plume au cœur de mes poèmes
La Rose avec le mot de Mort qu'à leurs brassards
En blanc portent brodés les noirs guerriers que j'aime.

Quel jardin peut fleurir tout au fond de ma nuit
Et quels jeux douloureux s'y livrent qu'ils effeuillent
Cette rose coupée et qui monte sans bruit
Jusqu'à la page blanche où vos rires l'accueillent.

Mais si je ne sais rien de précis sur la Mort
D'avoir tant parlé d'elle et sur le mode grave
Elle doit vivre en moi pour surgir sans effort
Au moindre de mes mots s'écouler de ma bave.

Je ne connais rien d'elle, on dit que sa beauté
Use l'éternité par son pouvoir magique
Mais ce pur mouvement éclate de ratés
Et trahit les secrets d'un désordre tragique.

Pâle de se mouvoir dans un climat de pleurs
Elle vient les pieds nus explosant par bouffées
À ma surface même où ces bouquets de fleurs
M'apprennent de la Mort des douceurs étouffées.

Je m'abandonnerai belle Mort à ton bras
Car je sais retrouver l'émouvante prairie
De mon enfance ouverte et tu me conduiras
Auprès de l'étranger à la verge fleurie.

Et fort de cette force ô reine je serai
Le ministre secret de ton théâtre d'ombres.
Douce Mort prenez-moi me voici préparé
En route à mi-chemin de votre ville sombre.

SUR UN MOT ma voix bute et du choc tu jaillis
Au miracle si prompt que joyeux à tes crimes !
Qui donc s'étonnera que je pose mes limes
Pour éprouver à fond du verbe les taillis ?

Mes amis qui veillez pour me passer des cordes
Autour de la prison sur l'herbe endormez-vous.
De votre amitié même et de vous je m'en fous.
Je garde ce bonheur que les juges m'accordent.

Est-ce toi autre moi sans tes souliers d'argent
Salomé qui m'apporte une rose coupée ?
Cette rose saignante enfin développée
De son linge est la sienne ou la tête de Jean ?

Pilorge réponds-moi ! Fais bouger ta paupière
Parle-moi de travers chante par ton gosier
Tranché par tes cheveux tombe de ton rosier
Mot à mot ô ma Rose entre dans ma prière !

XIII

OÙ SANS VIEILLIR je meurs je t'aime ô ma prison.
La vie de moi s'écoule à la mort enlacée.
Leur valse lente et lourde à l'envers est dansée
Chacune dévidant sa sublime raison
        L'une à l'autre opposée.

J'ai trop de place encor ce n'est pas mon tombeau
Trop grande est ma cellule et pure ma fenêtre.
Dans la nuit prénatale attendant de renaître
Je me laisse vivant par un signe plus haut
   De la Mort reconnaître.

À tout autre qu'au Ciel je ferme pour toujours
Ma porte et je n'accorde une minute amie
Qu'aux très jeunes voleurs dont mon oreille épie
De quel cruel espoir l'appel à mon secours
   Dans leur chanson finie.

Mon chant n'est pas truqué si j'hésite souvent
C'est que je cherche loin sous mes terres profondes
Et j'amène toujours avec les mêmes sondes
Les morceaux d'un trésor enseveli vivant
   Dès les débuts du monde.

Si vous pouviez me voir sur ma table penché
Le visage défait par ma littérature
Vous sauriez que m'écœure aussi cette aventure
Effrayante d'oser découvrir l'or caché
   Sous tant de pourriture.

Une aurore joyeuse éclate dans mon œil
Pareille au matin clair qu'un tapis sur les dalles
Pour étouffer ta marche à travers les dédales
Des couloirs suffoqués l'on posa de ton seuil
   Aux portes matinales.

La Galère

UN FORÇAT délivré dur et féroce lance
Un chiourme dans le pré mais d'une fleur de lance
Le marlou Croix du Sud l'assassin Pôle Nord
Aux oreilles d'un autre ôtent ses boucles d'or.
Les plus beaux sont fleuris d'étranges maladies.
Leur croupe de guitare éclate en mélodies.
L'écume de la mer nous mouille de crachats.
Sommes-nous remontés des gorges d'un pacha ?

On parle de me battre et j'écoute vos coups.
Qui me roule Harcamone et dans vos plis me coud ?

Harcamone aux bras verts haute reine qui vole
Sur ton odeur nocturne et les bois éveillés
Par l'horreur de son nom ce bagnard endeuillé
Sur ma galère chante et son chant me désole.

197

Les rameaux alourdis par la chaîne et la honte
Les marles les forbans ces taureaux de la mer
Ouvragé par mille ans ton geste les raconte
Et le silence avec la nuit de ton œil clair.

Les armes de ces nuits par les fils de la mort
Portées mes bras cloués de vin l'azur qui sort
De naseaux traversés par la rose égarée
Où tremble sous la feuille une biche dorée...
Je m'étonne et m'égare à poursuivre ton cours
Étonnant fleuve d'eau des veines du discours !

Empeste mon palais de ces durs que tu gardes
Dans tes cheveux bouclés sur deux bras repliés
Ouvre ton torse d'or et que je les regarde
Embaumés par le sel dans ton coffre liés.

Entr'ouverts ces cercueils ornés de fleurs mouillées
Une lampe y demeure et veille mes noyées.

Fais un geste Harcamone allonge un peu ton bras
Montre-moi ce chemin par où tu t'enfuiras
Mas tu dors si tu meurs et rejoins cette folle
Où libres de leurs fers les galériens s'envolent.
Ils regagnent des ports titubants de vins chauds
Des prisons comme moi de merveilleux cachots.

Ces pets mélodieux où vous emmitouflez
Cellule un bouquet vert de macs frileux et tendres
La narine gonflée il faudra les attendre
Et gagner transporté dans leurs chariots voilés

Mon enfance posée à peine sur la nuit
De papiers enflammés et mêler cette soie
À la rousse splendeur qu'un grand marlou déploie
Du vent calme et lointain qui de son corps s'enfuit.

Pourtant la biche est prise à son piège de feuille
Dans l'aurore elle égoutte un adieu transparent
Qui traverse ton œil ton cristal et s'éprend
D'une larme tombée dans la mer qui l'accueille.

Un voleur en détresse un voleur à la mer.
Ainsi sombre Harcamone au visage de fer.
Des rubans des cheveux le tirent dans la vase
Ou la mer. Et la mort ? Coiffant sa boule rase
Dans les plis du drapeau rit le mac amusé.
Mais la mort est habile et je n'ose ruser.

Au fond de notre histoire ensommeillé je plonge
Et m'étrangle à ta gorge Harcamone boudeur
Parfumé. Sur la mer comme un pois de senteur
Ton mousse écume fine à sa bouche écornée
Par les joyeux du ciel sur cette eau retournée
Volé même à la mort appelle à son secours.
Ils le vêtent d'écume et d'algues de velours.
L'amour faisant valser leur bite enturbannée
(Biche bridant l'azur et rose boutonnée)
Les cordes et les corps étaient raides de nœuds.
Et bandait la galère. Un mot vertigineux.
Venu du fond du monde abolit le bel ordre.
Manicles et lacets je vis des gueules mordre.

Hélas ma main captive est morte sans mourir.
Les jardins disent non où la biche est vêtue
D'une robe de neige et ma grâce la tue
Pour la mieux d'un linceul d'écume revêtir.

La prison qui nous garde à reculons s'éloigne.
En hurlant sa détresse une immobile poigne
À ta vigne me mêle à ta feuille aux sarments
De ta voix Harcamone à ses froids ornements.
Abandonnons la France et sur notre galère...
Le mousse que j'étais aux méchants devait plaire.
Je ramais en avant du splendide étrangleur
Dont le bel assoupi où s'enroulent les fleurs
(Liserons dénoués roses de la Roquette)
Organisait rieur derrière la braguette
Un bocage adorable où volent des pinsons.
La biche s'enfuyait au souffle des chansons
D'un galérien penché sur la corde du songe.

L'arbre du sel au ciel ses rameaux bleus allonge.
Ma solitude chante à mes vêpres de sang
Un air de bulles d'or aux lèvres se pressant.
Un enfant de l'amour ayant chemise rose
Essayait sur mon lit de ravissantes poses.
Un voyou marseillais pâle une étoile aux dents
Dans la lutte d'amour avec moi fut perdant.
Ma main passait en fraude un fardeau de détresse
Des cargaisons d'opium et de forêts épaisses
En vallons constellés, parcourait des chemins
À l'ombre de vos yeux pour retrouver vos mains

Vos poches ce nid d'aigle et la porte célèbre
Où le silence emporte un trésor de ténèbre.
Mon rire se cassait contre le vent debout.
Gencive douloureuse offerte avec dégoût
Aux larves d'un poème écrit sans mot ni lettres
Dans l'air d'une prison où l'on vient de m'admettre.

Dans l'ombre sur le mur de quel navigateur
Son ongle usé du sel mais juste à ma hauteur
Parmi les cœurs saignants que brouillent les pensées
Les profils les hélas nos armes déposées
Indéchiffrable à qui ne se bat dans la nuit
Où des loups sont les mots aura l'ongle qui luit
Laissé de mes yeux fous la clameur dévorante
Déchirer jusqu'à l'os le nom d'Andovorante ?
Le fier gaillard d'avant qui se cabrait de honte
Était serré de près par le membre d'un comte.
On le cognait brutal des poings et des genoux.
Des mâles foudroyés dégringolaient sur nous.
(Les genoux genoux clairs de lumière et de boue
Les genoux à genoux sur le pont qui s'ébroue
Les genoux ces chevaux qui se cabrent dans l'eau
Les genoux couronnés croupes de matelots)
La rose du soleil s'effeuillait sur les Îles.
Le navire filait de mystérieux milles.
On criait à voix basse un ordre où des baisers
Passaient comme des fous sans savoir se poser.
Le fragile reflet d'un incassable mousse
Une eau dormante en moi l'allongeait sur la mousse.

Vos dents Seigneur, votre œil me parlent de Venise !
Ces oiseaux dans le creux de vos jambes de buis !
À vos pieds cette chaîne où ma fainéantise
Alourdit encore plus l'erreur qui m'y conduit !
Tant la guipure parle et le rideau dénonce.
Les vapeurs du carreau tu les cueilles du doigt.
Ton fin sommeil se noue et ta bouche se fronce
Quand se perd ton bel œil sur une mer de toits.

Un gars bien balancé par la vague et le vent
Dans sa gueule ébréchée où je voyais souvent
S'entortiller la pipe à mes jupes de femmes
Ce gars passait terrible au milieu d'oriflammes.
Un chiourme de vingt ans piteux et bafoué
Se regardait mourir à la vergue cloué.

Harcamone dors-tu la tête renversée
La figure dans l'eau d'un songe traversée
Tu marches sur mon sable où tombent en fruits lourds
D'une étrange façon tes couilles de velours
Éclatant sur mes yeux en fleurs dont l'arbre est fée.
Ce que j'aime à mourir dans ta voix étouffée
C'est l'eau chaude qui gonfle ce tambour tendu.
Parfois tu dis un mot dont le sens est perdu
Mais la voix qui le porte est si lourde gonflée
Qu'il la crève il ferait de cette voix talée
Couler sur ton menton un flot de sang lépreux
Mon mandrin fier et plus qu'un guerrier coléreux.

Aux branches d'un jeune arbre à peine rattachées
D'autres fleurs j'ai volé qui couraient en riant
Les pieds sur ma pelouse et mon ombre couchée
Et m'éclaboussant d'eau ces roses s'y baignant.

(Tiges à pleines mains corolles se redressent
Corolles sont de plume et les membres de plomb)
Il sonne un air fatal à leurs vives caresses
Avec l'eau rejetée à coups de fins talons.

Chaudes fleurs qui sortez vers le soir des ruelles
Je suis seul enfermé dans un drapeau mouillé
De ces humides plis de ces flammes cruelles
Belles fleurs qui de vous saura me débrouiller?

Est-il pays si frais que celui de nos rires.
Neige sur les écueils votre langue léchant
Le sel d'algues d'azur sur le ventre et le chant
Vibrant dans votre corps tourné comme une lyre?

Y poursuivre la biche est un jeu que j'invente
À mesure. On débrouille une reine émouvante
Exilée et si douce à chaque bond cassé
Sous le manteau mouillé d'une biche. Glacé
De respect je retrouve aux bords de ton visage
Une reine captive enchaînée au rivage.
Dormez belle Harcamone assassin qui voulez
Les gorges traverser dans mes souliers ailés.

Sur cet instant fragile où tout était possible
Nous marchions dans l'azur étonné mais paisible.
La galère en désordre était d'une beauté
Moins étrange que douce un visage enchanté
Un air de désespoir accompagnait sa fête.
(Il neigeait quelle paix sur la calme tempête!)
De violons et de valses. Elle avait sur les bras
Tout son fardeau sacré dans un funèbre aura
De colonnes de fûts de cordes et de torses.
L'Océan se tordait sous sa fragile écorce.

Le ciel disait sa messe il pouvait de nos cœurs
Compter les battements. Dure était la rigueur
De cet ordre terrible où la beauté tremblait.
Nous allions en silence à travers des palais
Où la mort solennelle avait passé sa vie.
De remonter à l'air je n'avais plus l'envie
Ni la force à quoi bon mes amis les plus beaux
S'accommodant du monde et de l'air des tombeaux.
Et tous ces clairs enfants volaient dans la voilure.
Le songe vous portant filait à toute allure.
La guirlande rompue fut par l'amour nouée
Jusqu'aux pieds de la mort et la mort fut jouée.
Je vivais immobile un moment effrayant
Car je savais saisi ce beau monde fuyant
Dans une éternité plus dure et plus solide
Que celle de l'Égypte à peine moins sordide.

On quittait des taureaux par le nœud étranglé
De trois hommes formé. La main du vent salé
Pardonnait les péchés. C'était cette galère
Un manège cassé par un soir de colère.
Et pourtant quelle grâce émerveillait mon œil !
Solennel monument cadavres sans cercueil
Cercueils sans ornements nous étions par le songe
Embaumés empaumés.

                              Pressez vos mains d'éponge !
À mon torse salé portez vos doigts d'amour.
Je saurai revenir des informes détours.

Brouillard au bout des doigts si je touche à ta robe
Animal tu fondras pour d'air bleu devenir.
Une larme roulant de ton étrange globe
Sur ton pied sec à toi biche se doit m'unir.

La bruyère est si rose approche un éventail
De ta joue un soupir dégonfle le silence.
Le hallier se blottit dans l'ombre au lent travail
Je resterai donc seul. Qui soupire et s'avance

Nuit ? Sur tes bois s'éveille un vaisseau mal ancré
Dans le ciel. Biche fine un doux bruit de ramure
Ton oreille recueille et ton doigt d'air doré
Net cassant cette glace écoute leur murmure...

Grappes d'empoisonneurs suspendus aux cordages
Se bitent les bagnards en mélangeant leurs âges.
De la Grande Fatigue un enfant endormi
Revenait nu taché par le sperme vomi.
Et le plus déchirant des sanglots de la voile
Appareiller cueilli comme un rameau d'étoile
Sur mon cou déposait cœur et lèvres d'un gars
Mettait une couronne achevait les dégâts.
Mes efforts étaient vains pour retrouver vos terres.
Ma tête s'enlisait fétide et solitaire
Au fond des mers du lit du songe des odeurs
Jusqu'à je ne sais quelle absurde profondeur.

Un fracas grec soudain fit trembler le navire
Qui s'effaça lui-même en un dernier sourire.
Une première étoile au ciel d'argot fleurit.
Ce fut la nuit son nom son silence et le cri
D'un galérien charmant connaissant sa demeure
Dans un bosquet plaintif où cette biche pleure
Un être de la nuit dont le froc paresseux
Baissa le pont de toile à mon libre vaisseau.
La rose d'eau se ferme au bord de ma main bleue.
(L'éther vibre docile aux sursauts de ma queue.
De nocturnes velours sont tendus ces palais
Que traversait mon chibre et que tu désolais
À bondir sans détours jusqu'aux étoiles nues
Parcourant le pied vif de froides avenues)
Sur le ciel tu t'épands Harcamone ! et froissé
Le ciel clair s'est couvert mais d'un geste amusé.

Un cavalier chantait du ciel à la galère
Par les astres gelés les systèmes solaires.

Escaladant la nue et l'éternelle nuit
Qui fixa la galère au ciel pur de l'ennui
Sur les pieds de la Vierge appelant ses abeilles?
Astres je vous dégueule et ma peine est pareille
Harcamone à ta main ta main morte qui pend.
Enroule autour de moi ô mon rosier grimpant
Tes jambes et tes bras mais referme tes ailes
Ne laissons rien traîner ni limes ni ficelles.
Pas de traces sortons sautons dans ces chariots
Que j'écoute rouler sous ton mince maillot.

Mais je n'ai plus d'espoir on m'a coupé ces tiges
Adieu marlou du soir de dix-sept à vingt piges.

Voyage sur la lune ou la mer je ne sais
Harcamone au cou rose entouré d'un lacet.

Ô ma belle égorgée au fond de l'eau tu marches
Portée à chaque pas sur tes parfums épais
Sur leur vague qui frise et se déforme après
Et tu traverses lente un labyrinthe d'arches.
Dans l'eau de tes étangs de noirs roseaux se traînent
À ton torse à tes bras se noue un écheveau
De ces rumeurs de mort plus fort que les chevaux
Emmêlés l'un dans l'autre aux brancards d'une reine.

La Parade

SILENCE, il faut veiller ce soir
Chacun prendre à ses meutes garde.
Et ne s'allonger ni s'asseoir
De la mort la noire cocarde

Piquer son cœur et l'en fleurir
D'un baiser que le sang colore.
Il faut veiller se retenir
Aux cordages clairs de l'aurore.

Enfant charmant haut est la tour
Où d'un pied de neige tu montes.
Dans la ronce de tes atours
Penchent les roses de la honte.

ON CHANTE dans la cour de l'Est
Le silence éveille les hommes.
Silence coupé d'ombre et c'est
De fiers enculés que nous sommes.

Silence encor il faut veiller
Le Bourreau ignore la fête
Quand le ciel sur ton oreiller
Par les cheveux prendra ta tête.

DANS LA NUIT du 17 au 18 juin, eut lieu, au camp de la Parade, l'exécution capitale de trente mille adolescents. Des millions d'étoiles, les éclats du mica, du sucre, les ronces, les chèvre-feuilles, les petits drapeaux en papier, les tracts du ciel, la gloire des eaux, les grandes vacances des enfants, le Deuil, l'Absence voulurent apporter leur concours.

Sans le savoir, la presse parla beaucoup de cet enfant qu'un charmeur de serpent enculait, à demi mort dans les cordages.

ESCLAVES d'un péché qui vous maintient en deuil
Vous tordez l'assassin par mes poignets d'écume ;
Ses cris, ses crimes bleus égouttent dans votre œil
L'encre qui vous révèle et de mort vous embrume.

Ô mes pâles larrons, gardez ce fils des dieux,
Qu'il crève ! C'est sa mort votre noir uniforme.

Or l'enfant, sur la paille allonge au fond des cieux,
Ses chevilles de feuille afin qu'elles s'endorment.

CANAILLE oserez-vous me mordre une autre fois
Retenez que je suis le page du Monarque
Vous roulez sous ma main comme un flot sous ma barque
Votre houle me gonfle, ô ma caille des bois

Ma caille emmitouflée, écrasée sous mes doigts.

I

TRANSPARENT voyageur des vitres du hallier
Par la route du sang revenu dans ma bouche
Les doigts chargés de lune et le pas éveillé
J'entends battre le soir endormi sur ma couche.

II

VOTRE ÂME est de retour des confins de moi-même
Prisonnière d'un ciel aux paresseux chemins
Où dormait simplement dans le creux d'un poème
Une nuit de voleur sous le ciel de ma main.

UNE AVALANCHE rose est morte entre nos draps.
Cette rose musclée ce lustre d'Opéra
Tombé du sommeil, noir de cris et de fougères
Qu'installe autour de nous une main de bergère,
       Cette rose s'éveille !
Sous les haubans de deuil que le conte appareille !
Vibrants clairons du ciel tout parcourus d'abeilles
Apaisez les sourcils crispés de mon boxeur.
Bouclez le corps noué de la rose en sueur.
Qu'il dorme encor. Je veux l'entortiller de langes
Afin de nous savoir cruels dénicheurs d'anges
Et pour que plus étrange et sombre, chez les fleurs
Soit au réveil, ma mort avec faste pleurée
Par ces serpents tordus, cette neige apeurée.
Ô la voix d'or battu, dur gamin querelleur
Que tes larmes sur mes doigts que tes larmes coulent
De tes yeux arrachés par le bec d'une poule
Qui picorait en songe, ici les yeux, ailleurs
       Des graines préparées
Par cette main légère ouverte à mon voleur.

TES PIEDS BLEUS traversés d'étoiles et de branches
Tu cours sur mon rivage et bondis dans ma main
Mais ose cet amour que ton rire déclenche
Hardiment le fouler de tes pieds inhumains !

Tu t'éveilles de moi avec leur promptitude
Les spectres de mes dents, pour hanter l'escalier
Si rapide il faut donc Guy que ma solitude
Par toi-même soit toi mon cœur multiplié

Mais pour me parcourir enlève tes souliers.

Un chant d'amour

à
LUCIEN
Sénemaud

BERGER descends du ciel où dorment tes brebis !
(Au duvet d'un berger bel Hiver je te livre)
Sous mon haleine encor si ton sexe est de givre
Aurore le défait de ce fragile habit.

Est-il question d'aimer au lever du soleil ?
Leurs chants dorment encor dans le gosier des pâtres.
Écartons nos rideaux sur ce décor de marbre ;
Ton visage ahuri saupoudré de sommeil.

Ô ta grâce m'accable et je tourne de l'œil
Beau navire habillé pour la noce des Îles
Et du soir. Haute vergue ! Insulte difficile
Ô mon continent noir ma robe de grand deuil !

Colère en grappes d'or un instant hors de Dieu
(Il respire et s'endort) soulagé de vous rendre.
Aidé de votre main je crois le ciel descendre
Et tendre déposer ses gants blancs sur nos yeux.

C'est sa douceur surtout qui t'isole et répand
Sur ton front délicat cette pluie de novembre.
Quelle ombre quelle afrique enveloppent tes membres
Crépuscule de l'aube habité d'un serpent!

Valse feuille à l'envers et brouillards égarés
À quel arbre nouez, fleur du vent cette écharpe?
Mon doigt casse le gel au bois de votre harpe
Fille des joncs debout les cheveux séparés.

Au bord de ma casquette un brin de noisetier
De travers accroché l'oreille me chatouille.
Dans votre cou j'écoute un oiseau qui bafouille.
Et dorment mes chevaux debout dans le sentier.

Caressant l'œil distrait l'épaule de la mer
(Ma sandale est mouillée à l'aile décousue)
Je sens ma main gonflée sous ta chaleur moussue
S'emplir de blancs troupeaux invisibles dans l'air.

Vont paître mes agneaux de ta hanche à ton cou,
Brouter une herbe fine et du soleil brûlée,
Des fleurs d'acacia dans ta voix sont roulées
Va l'abeille voler le miel de leurs échos.

Mais le vert pavillon des rôdeurs de la mer
Doit veiller quelque part, se prendre dans les pôles.
Secouer la nuit, l'azur, en poudrer vos épaules
Dans vos pieds ensablés percer des sources d'air.

224

Pour me remonter nu sur de bleus escaliers
Solennels et sombrant dans ces vagues de rêves
Las de périr sans fin à deux doigts de mes lèvres
L'horizon s'endormait dans vos bras repliés.

Vos bras nus vont hennir écartelant ma nuit.
Damiens ces noirs chevaux éventrent l'eau profonde.
Au galop m'emportez centaures nés du ventre.
Bras d'un nègre qui meurt si le sommeil me fuit.

J'ai paré de rubans, de roses leurs naseaux,
De chevelure encor aux filles dépouillées,
J'ai voulu caresser leur robe ensoleillée
De mon bras allongé au-dessus du ruisseau !

Votre épaule rétive a rejeté ma main :
Elle meurt désolée à mon poignet docile :
Main qui se hâte en vain coupée, mais plus agile
(Les cinq doigts d'un voleur aux ongles de carmin).

Tant de mains sur le bord des chemins et des bois :
Auprès de votre col elle aimait vivre nue
Mais un monstre à vos yeux à peine devenue
Sur ma main le talon je baiserai vos doigts.

Fusillé par surprise un soldat me sourit
D'une treille de sang sur le mur de chaux blanche.
Le lambeau d'un discours accroché dans les branches,
Et dans l'herbe une main sur des orteils pourris.

Je parle d'un pays écorché jusqu'à l'os.
France aux yeux parfumés vous êtes notre image.
Douce comme ses nuits, peut-être davantage
Et comme elles, blessée ô France, à demi-mot.

Lente cérémonie au son de vingt tambours
Voilés. Cadavres nus promenés par la ville.
Sous la lune un cortège avec cuivres défile
Dans nos vallons boisés, au moment des labours.

Pauvre main qui va fondre! Et vous sautez encor
Dans l'herbe. D'une plaie ou du sang sur les pierres
Qui peut naître, quel page et quel ange de lierre
M'étouffer? Quel soldat portant vos ongles morts?

Me coucher à ces pieds qui défrisent la mer?
Belle histoire d'amour: un enfant du village
Aime la sentinelle errante sur la plage
Où l'ambre de ma main attire un gars de fer!

Dans son torse, endormie — d'une étrange façon
Crémeuse amande, étoile, ô fillette enroulée
— Ce tintement du sang dans l'azur de l'allée
C'est du soir le pied nu sonnant sur mon gazon.

CETTE FORME est de rose et vous garde si pur.
Conservez-la. Le soir déjà vous développe
Et vous m'apparaissez (ôtées toutes vos robes)
Enroulé dans vos draps ou debout contre un mur.

Ose ma lèvre au bord de ce pétale ourlé
Mal secoué cueillir une goutte qui tombe,
Son lait gonfle mon cou comme un col de colombe.
Ô restez une rose au pétale emperlé.

Épineux fruits de mer m'écorchent tes rayons
Mais l'ongle fin du soir saura fendre l'écorce.
Boire ma langue rose à ces bords toute force.
Si mon cœur retenu dans l'or d'un faux chignon

Chavire ancré vivant sans pouvoir se vomir
Dans une mer de bile à ton sexe attelée
Je parcours immobile en d'immenses foulées
Ce monde sans bonté où tu me vois dormir.

Je roule sous la mer et ta vague au-dessus
Travaille ses essieux tordus par tes orages
Pourtant j'irai très loin car le ciel à l'ouvrage
Du fil de l'horizon dans un drap m'a cousu.

AUTOUR DE TA MAISON je rôde sans espoir.
Mon fouet triste pend à mon cou. Je surveille
À travers les volets tes beaux yeux ces charmilles
Ces palais de feuillage où va mourir le soir.

Siffle des airs voyous, marche le regard dur,
Dans les joncs ton talon écrasant des couvées
Découpe dans le vent en coquilles dorées
L'air des matins d'avril et cravache l'azur,

Mais vois qu'il ne s'abîme et s'effeuille à tes pieds
Ô toi mon clair soutien, des nuits la plus fragile
Étoile, entre dentelle et neige de ces îles
D'or tes épaules, blanc le doigt de l'amandier.

Le Pêcheur du Suquet

UNE COMPLICITÉ, un accord s'établissent entre ma bouche et la queue—encore invisible dans son short azur—de ce pêcheur de dix-huit ans ;

Autour de lui le temps, l'air, le paysage devenaient indécis. Couché sur le sable, ce que j'en apercevais entre les deux branches écartées de ses jambes nues, tremblait.

Le sable gardait la trace de ses pieds, mais gardait aussi la trace du paquet trop lourd d'un sexe ému par la chaleur et le trouble du soir. Chaque cristau étincelait.

— Comment t'appelles-tu ?
— Et toi ?

Depuis cette nuit le voleur aime tendrement l'enfant malicieux, léger, fantasque et vigoureux dont le corps fait frissonner, à son approche, l'eau, le ciel, les rochers, les maisons, les garçons et les filles. Et la page sur quoi j'écris.

Ma patience est une médaille à ton revers.

Une poussière d'or flotte autour de lui. L'éloigne de moi.

Avec le soleil de votre visage vous êtes plus ténébreux qu'un gitan.

Ses yeux : parmi les chardons, les épines noires, la robe vaporeuse de l'automne.

Sa queue : mes lèvres retroussées sur mes dents.

Ses mains éclairent les objets. Les obscurcissent encore. Les animent et les tuent.

Le gros orteil de son pied gauche, à l'ongle incarné, quelquefois fouille ma narine, quelquefois ma bouche. Il est énorme mais le pied, puis la jambe y passeraient.

TU VEUX PÊCHER à la fonte des neiges
Dans mes étangs de bagues retenus
Ah dans mes beaux yeux plonger tes bras nus
Que d'acier noir deux rangs de cils protègent
Sous un ciel d'orage et de hauts sapins
Pêcheur mouillé couvert d'écailles blondes
Dans tes yeux mes doigts d'osier mes pâles mains
Voient les poissons les plus tristes du monde
Fuir, de la rive où j'émiette mon pain.

Tremble. Au sommet de toi seul balancé
Ton talon rose accroche à la ramure
Le soleil levant. Tremble ton murmure
Frissonne sur mes dents. Tes doigts cassés
Peignent l'azur et déchirent l'écorce
Ô tremble qui te fait doux et frangé
De neige. Érige, exige ce torse
Blessé profond mais de plume allégé.
À s'épanouir mes lèvres le forcent.

Quand le soleil allume la bruyère
Lentement sur vos pentes beaux mollets
Je vais par les rocs d'où tu me parlais
Spahi blond à genoux dans la lumière.
Un serpent s'éveille à la voix des morts.
Sous mon pied crevé des perdrix s'envolent.
Au couchant je verrai les chercheurs d'or
Faire leur travail sous la lune folle.
Les briseurs de tombeaux tirer au sort.

Que d'ombre à tes pieds tes souliers vernis !
Tes pieds glacés dans mes étangs de larmes
Tes pieds poudrés de déchaussés de Carme
Éclaboussés de ciel tes pieds bénis
Marqueront ce soir mes blanches épaules
(Forêts que la lune peuple de loups)
Ô mon pêcheur à l'ombre de mes saules,
Bourreau couvert d'étoiles et de clous
Debout, tenu par le bras blanc du môle.

À l'arbre vert dressé — ton front penché
(Animal d'amour arbre d'or à deux têtes)
Sur son feuillage — enlacé chaude bête
Par un seul pied tu restes accroché,
Sonne dans l'azur une valse lente
À l'harmonica mais tes yeux voient-ils
Du mât de misaine une aube étonnante ?
Ô pêcheur nu de l'arbre au cœur subtil
Descends, descends, crains mes feuilles qui chantent.

Adieu Reine du Ciel, adieu ma Fleur
De peau découpée dans ma paume.
Ô mon silence habité d'un fantôme,
Tes yeux, tes doigts, silence. Ta pâleur.
Silence encor ces vagues sur les marches
Où chaque fois ton pied pose la nuit.
Un angélus clair tinte sous son arche.
Adieu soleil qui de mon cœur s'enfuit
Sur une atroce et nocturne démarche.

Mon pêcheur descendait le soir des maisons bleues
Et je le recevais sur mes deux mains tendues.
Il souriait. La mer nous tirait par les pieds.
Pendus à sa ceinture et les cheveux mouillés
Une grappe dorée de huit têtes de filles
(Sa ceinture est cloutée et sous la lune brille)
Le reproche dans l'œil, s'étonnaient de leur mort.
Le pêcheur se mirait dans le ciel, près du port.

Enfouis sous vos pieds les trésors de la nuit
Sur des chemins de braise allez en souplesse.
La paix est avec vous.
Dans les orties, les ajoncs, les prunelliers, les forêts votre pas

Dépose des mesures de ténèbres.
Et chacun de vos pieds, chaque pas de jasmin
M'ensevelit dans une tombe de porcelaine.
Vous obscurcissez le monde.

Les trésors de cette nuit : l'Irlande et ses révoltes,
les rats musqués fuyant dans les landes, une arche
de lumière, le vin remonté de ton estomac, la
noce dans la vallée, au pommier en fleur un
pendu qui se balance, enfin cette région que
l'on aborde le cœur dans la gorge, dans ta culotte
protégée d'une aubépine en fleur.

De toutes parts les pèlerins descendent.
Ils contournent tes hanches où le soleil se couche,
Gravissent avec peine les pentes boisées de tes cuisses
Où même le jour il fait nuit.

Par d'herbeuses landes, sous ta ceinture
Débouclée nous arrivons la gorge sèche
L'épaule et les pieds las, auprès de Lui.
Dans son rayonnement le Temps même est voilé
d'un crêpe au-dessus duquel le soleil, la lune,
et les étoiles, vos yeux, vos pleurs brillent peut-être.
Le Temps est sombre à son pied.
Rien n'y fleurit que d'étranges fleurs violettes
De ces bulbes rugueux.
À notre cœur portons nos mains jointes
Et les poings sur nos dents.

Qu'est-ce t'aimer ? J'ai peur de voir cette eau couler
Entre mes pauvres doigts. Je n'ose t'avaler.
Ma bouche encor modèle une vaine colonne.
Légère elle descend dans un brouillard d'automne.
J'arrive dans l'amour comme on entre dans l'eau,
Les paumes en avant, aveuglé, mes sanglots
Retenus gonflent d'air ta présence en moi-même
Où ta présence est lourde, éternelle. Je t'aime.

MAIS IL FOND dans ma bouche. N'est-ce qu'un vers. Pour quelle fille et quel jardin? Quel rêve l'assoupit, le roule en lui-même, délicatement le tourmente, lui donne cette lente, molle colique?

— Tu me dédaignes?

Mais quelle tendresse ne doit-il appeler à lui pour retrouver ici ce qu'ailleurs lui offrent à profusion ses rêves! Quels bouquets de fleurs coupées, jetées, pour oublier ses bosquets!

Je caresse la petite masse de chair, penaude, qui se blottit dans ma main, et je regarde tes yeux: j'y vois très loin l'animal tendre qui donne cette tendrese à ta queue.

Tu essayes de remonter jusqu'à moi. Quelques vagues y parviennent. Cette écume à tes yeux le prouve. Mais le plus grave de toi reste dans tes profondeurs. Et c'est là que tu sombres.

Si je prête l'oreille, j'entends ta voix m'appeler, mais elle est si bien entortillée au chant des sirènes que je ne saurais la démêler pour la tirer pure jusqu'à mon oreille.

Pourtant je ne t'abandonnerai pas.

— Il se retire?

Il se retire en moi.

Tous ses baisers d'excuses ajoutent encore à la nuit qui s'installe en moi et autour de moi.

Meurs de mes mains. Meurs sous mes yeux.

Je dois rendre la situation le plus obscure possible (et tendue à craquer) afin que le drame soit inévitable, afin que nous le puissions mettre sur le compte de la fatalité.

Un sang noir déjà coule de sa bouche et de sa bouche ouverte sort encore son blanc fantôme.

LE VOLEUR

OÙ LA NUIT se dévêt mais travaille à ses fleurs
Les poings clairs du boucher ont retenu ma rose.
Ô nuit de cet enfant découvert sous mes pleurs
Organise un poème où sa verge est enclose.

LA NUIT

Mes trésors dévidés par ses maigres phalanges
Jusqu'aux talons coulaient dans ton divin sommeil
Et son souffle voilait la plainte des mésanges
Voleur saignant du nez sur mes ongles vermeils !

Le vent passe à pas lents sans m'atteindre. On me tue.
On me tue mal. J'ai peur. Ô venez sans danger
Par les prés matinaux verge belle et têtue
Apportez-moi la mer et l'aube des bergers.

L'ARBRE

De ma prison voleur s'échappent si tu passes
Frémissant à mon pied des bataillons bouclés.
Ne résiste mon cœur, mes branches se délacent.
Je te sais expirant, par leurs bottes foulé.

LE VOLEUR

Ils s'éveille parfois pour visiter mes poches
Il me vole et déjè du poison menacé
Mon aigle le surveille et sur de hautes roches
L'emporte et le dérobe au creux de mon passé.

L'ARBRE

Des éclairs pleins les mains ton beau rayon me brise.
On veut que foudroyé je le sois par vos jeux
Voleur ta main trop vive à son tour sera prise
Un arbre s'est paré d'un destin courageux.

À chacun de mes doigts une feuille qui bouge !
Tout ce désordre vert un feuillage émouvant.
Le front du ravisseur de pâle devient rouge
Dans ses boucles frissonne une étoile au Levant !

LA NUIT

Mais de qui parlez-vous ? Les pêcheurs se retirent
Comme la mer au fond de l'abîme, leurs yeux.
La marée est exacte et cette écume au rire
Remontée est pour vous un signe précieux.

L'ARTILLEUR

Les pieds entortillés de chaussettes de laine
Dans mes houzeaux de cuir je traverse les bois.
Ni la mer ou ta merde et non plus ton haleine
Voleur pour empêcher que tout tremble sous moi.

LE VOLEUR

Vous êtes hypocrite immortelle écuyère
En robe d'organdi sur un cheval blessé !
En pétales perdus vos beaux doigts s'effeuillèrent
Adieu mon grand jardin par le ciel terrassé !

AINSI JE RESTE SEUL, oublié de lui qui dort dans mes bras. La mer est calme. Je n'ose bouger. Sa présence serait plus terrible que son voyage hors de moi. Peut-être vomirait-il sur ma poitrine.

Et qu'y pourrais-je faire ? Trier ses vomissures ?
Y chercher parmi le vin, la viande, la bile, ces violettes et ces roses qu'y délayent et délient les filets de sang ?

DES LAMES DE FEU, des fleurets brisés !
La mer me travaille où la lune veille.
Le sang dans la mer fuit de mon oreille.
Pêcheur mélancolique ô vos yeux baissés
Vos yeux plombés dans leur ciel de voyage
Crèvent encor sans pitié mes abcès
Car je m'écoule et deviens marécage
Où va la nuit bleuir les feux follets
Langue de feu qui veille mon passage.

Poèmes retrouvés

Dans l'antre de mon œil nichent les araignées
Un pâtre se désole à ma porte et des cris
S'élèvent de la feuille angoissée où j'écris
Car mes mains sont enfin de mes larmes baignées.

Près du camp sous les remparts, dans les fossés, d'un pylône à l'autre, sur les cailloux, dans l'ombre, dans la vase, sur mes lèvres, mon miroir, dans la suie des usines, dans les pêchers, dormait un enfant, jeune acrobate en haillons, à qui le ciel adressait des signes que lui seul pouvait capter. Quand il revint à la ville, on ne voulut rien croire de sa terrible inconséquence. Très longtemps, il garda sur son ventre blanc l'éraflure d'un ongle aigu.

LA ROSE

Crime
Elle crie.

Où l'abeille s'englue. Je l'
Jeune étoile de soufre.

ÉTOILE

L'écran fut occupé soudain par la poitrine de l'étoile. Corsage de velours noir. Dans l'échancrure, sous mon nez et mes yeux à vingt fauteuils de là une rose artificielle s'imposa. Puis apparurent au bas de cette rose, juste à la place du cœur de l'étoile, précédés de trois points de suspension, ces mots:

… J'AI CRIÉ

—avouez!

Messigneurs de la Cour…

L'aveu du meurtre se trouvera contenu dans l'effroyable confu-
sion, dans le désastre résultant de la rencontre brutale d'une
rose et d'une étoile. À travers les éclats recollés, traversés d'une
abeille, le meurtre était visible.

L'Espagne est une sainte à partir de midi
Gardez-la de tomber, balustrade endormie
Garde-fou des rôdeurs restez mon seul ami
Gardez-moi de l'Espagne à mon cœur ennemie.

Capitale endormie au soleil de la nuit
Ô ma poitrine ouverte ô lune tes cymbals
D'un coup sourd et mortel éveillent ces crotales
Qui chanteront nos morts oubliés dans les puits.

Tzigane sous la neige ALBERTO des lointains
Souvenez-vous des nuits dans notre val de grâce
Où les reptiles noirs sur vos bras de menace
Écoutaient éblouis les orders du matin.

Cette étrange rosace orne d'un sceau fatal
La chamber. Une ancre d'or griffe le sang du vide.
Un insect a mordu l'éternité livide.
DIVINE épouse morte un sommeil végétal.

Morte. Morte étranglée. Ô fleur de nos contrées
Laissez couler vos pleurs sur ses hanches de houx
Mésanges vos nids bleus faites-les sur son cou
Et vous, mes nuits portez DIVINE la Dorée

Cathédrale à pas lents par mes lands venues
Sous un oeil ténébreux NOTRE-DAME DES FLEURS
De ma mort le cortège aux nocturnes couleurs
Parcourt le pied léger vos douces avenues.

Cette Afrique est de cuivre où la grace est morose
Relevez dans ses flancs le regret des mineurs.
Ils travaillent les puits de ce bagne d'amour
Où brise neige fleur sous leurs doigts ne se pose.

À son col présent lourd les chaînes du silence
Ce plongeur déchaîné noir du sel de vos mers.
La danseuse de givre est son héros de l'air.
Je parle, entre les dents le fer doré des lances.

Le sang, le lait, les pleurs de cet ange étonné
Sur le marbre de lune et les plaines glacées
À notre mort propose une offrande amassée
Par la désolation de vos bras festonnés.

Qu'il soulève la dalle et les parfums de Dieu
Empesteront cet ange à genoux pour la garde et les
saintes femmes apporteront les huiles et le linge.

Roncevaux belle gorge où ton rêve situe
Durandal au fil d'or, Roland sonant du cor
À nos larmes de honte ouvre une brèche encor
La gorge d'un berger d'aurore dévêtue.

La nuit rauque à vomir s'écorche à cette rive
Clichy de la Paresse et des mauvais sujets
Où sa bouche pincée la rencontre furtive
Oublie sa gorge blonde à d'autres bras de jais.

Le Funambule

Pour Abdallah

Une paillette d'or est un disque minuscule en métal doré, percé d'un trou. Mince et légère, elle peut flotter sur l'eau. Il en reste quelquefois une ou deux accrochées dans les boucles d'un acrobate.

Cet amour — mais presque désespéré, mais chargé de tendresse — que tu dois montrer à ton fil, il aura autant de force qu'en montre le fil de fer pour te porter. Je connais les objets, leur malignité, leur cruauté, leur gratitude aussi. Le fil était mort — ou si tu veux muet, aveugle — te voici : il va vivre et parler.

Tu l'aimeras, et d'un amour presque charnel. Chaque matin, avant de commencer ton entraînement, quand il est tendu et qu'il vibre, va lui donner un baiser. Demande-lui de te supporter, et qu'il t'accorde l'élégance et la nervosité du jarret. À la fin de la séance, salue-le, remercie-le. Alors qu'il est encore enroulé, la nuit, dans sa boîte, va le voir, caresse-le. Et pose, gentiment, ta joue contre la sienne.

Certains dompteurs utilisent la violence. Tu peux essayer de dompter ton fil. Méfie-toi. Le fil de fer, comme la panthère et comme, dit-on, le peuple, aime le sang. Apprivoise-le plutôt.

Un forgeron—seul un forgeron à la moustache grise, aux larges épaules peut oser de pareilles délicatesses—saluait ainsi chaque matin son aimée, son enclume :
— Alors, ma belle !
Le soir, la journée finie, sa grosse patte la caressait. L'enclume n'y était pas insensible, dont le forgeron connaissait l'émoi.

Ton fil de fer charge-le de la plus belle expression non de toi mais de lui. Tes bonds, tes sauts, tes danses—en argot d'acrobate tes : flic-flac, courbette, sauts périlleux, roues, etc., tu les réussiras non pour que tu brilles, mais afin qu'un fil d'acier qui était mort et sans voix enfin chante. Comme il t'en saura gré si tu es parfait dans tes attitudes non pour ta gloire mais la sienne.
Que le public émerveillé l'applaudisse :
— Quel fil étonnant ! Comme il soutient son danseur et comme il l'aime !
À son tour le fil fera de toi le plus merveilleux danseur.

Le sol te fera trébucher.

Qui donc avant toi avait compris quelle nostalgie demeure enfermée dans l'âme d'un fil d'acier de sept millimètres ? Et que lui-même se savait appelé à faire rebondir de deux tours en l'air, avec fouettés, un danseur ? Sauf toi personne. Connais donc sa joie et sa gratitude.

Je ne serais pas surpris, quand tu marches par terre que tu tombes et te fasses une entorse. Le fil te portera mieux, plus sûrement qu'une route.

Négligemment j'ai ouvert son portefeuille et je fouille. Parmi de vieilles photos, des bulletins de paie, des tickets d'autobus péri-

més, je trouve une feuille de papier pliée où il a tracé de curieux signes : le long d'une ligne droite, qui représente le fil, des traits obliques à droite, des traits à gauche — ce sont ses pieds, ou plutôt la place que prendraient ses pieds, ce sont les pas qu'il fera. Et en regard de chaque trait, un chiffre. Puisque dans un art qui n'était soumis qu'à un entraînement hasardeux et empirique il travaille à apporter les rigueurs, les disciplines chiffrées, il vaincra.

Que m'importe donc qu'il sache lire ? Il connaît assez les chiffres pour mesurer les rythmes et les nombres. Subtil calculateur, Joanovici était un Juif — ou un Gitan — illettré. Il gagna une grande fortune pendant une de nos guerres en vendant des ferrailles au rebut.

… « une solitude mortelle »…

Sur le zinc, tu peux blaguer, trinquer avec qui tu veux, avec n'importe qui. Mais l'Ange se fait annoncer, sois seul pour le recevoir. L'Ange, pour nous, c'est le soir, descendu sur la piste éblouissante. Que ta solitude, paradoxalement, soit en pleine lumière, et l'obscurité composée de milliers d'yeux qui te jugent, qui redoutent et espèrent ta chute, peu importe : tu danseras sur et dans une solitude désertique, les yeux bandés, si tu le peux, les paupières agrafées. Mais rien — ni surtout les applaudissements ou les rires — n'empêchera que tu ne danses pour ton image. Tu es un artiste — hélas — tu ne peux plus te refuser le précipice monstrueux de tes yeux. Narcisse danse ? Mais c'est d'autre chose que de coquetterie, d'égoïsme et d'amour de soi qu'il s'agit. Si c'était de la Mort elle-même ? Danse donc seul. Pâle, livide, anxieux de plaire ou de déplaire à ton image : or, c'est ton image qui va danser pour toi.

Si ton amour, avec ton adresse et ta ruse, sont assez grands pour découvrir les secrètes possibilités du fil, si la précision de tes geste est parfaite, il se précipitera à la rencontre de ton pied (coiffé de cuir) : ce n'est pas toi qui danseras, c'est le fil. Mais si c'est lui qui danse immobile, et si c'est ton image qu'il fait bondir, toi, où donc seras-tu ?

La Mort—la Mort dont je te parle—n'est pas celle qui suivra ta chute, mais celle qui précède ton apparition sur le fil. C'est avant de l'escalader que tu meurs. Celui qui dansera sera mort—décidé à toutes les beautés, capable de toutes. Quand tu apparaîtras une pâleur—non, je ne parle pas de la peur, mais de son contraire, d'une audace invincible—une pâleur va te recouvrir. Malgré ton fard et tes paillettes tu seras blême, ton âme livide. C'est alors que ta précision sera parfaite. Plus rien ne te rattachant au sol tu pourras danser sans tomber. Mais veille de mourir avant que d'apparaître, et qu'un mort danse sur le fil.

Et ta blessure, où est-elle ?

Je me demande où réside, où se cache la blessure secrète où tout homme court se réfugier si l'on attente à son orgueil, quand on le blesse ? Cette blessure—qui devient ainsi le for intérieur—, c'est elle qu'il va gonfler, emplir. Tout homme sait la rejoindre, au point de devenir cette blessure elle-même, une sorte de cœur secret et douloureux.

Si nous regardons, d'un œil vite et avide, l'homme ou la femme* qui passent—le chien aussi, l'oiseau, une casserole—cette vitesse même de notre regard nous révélera, d'une façon nette, quelle est cette blessure où ils vont se replier lorsqu'il y a danger. Que dis-je? Ils y sont déjà, gagnant par elle—dont ils ont pris la forme—et pour elle, la solitude : les voici tout entier dans l'avachissement des épaules dont ils font qu'il est eux-mêmes, toute leur vie afflue dans un pli méchant de la bouche et contre lequel ils ne peuvent rien et ne veulent rien pouvoir puisque c'est par lui qu'ils connaissent cette solitude absolue, incommunicable—ce château de l'âme—afin d'être cette solitude elle-même. Pour le funambule dont je parle, elle est visible dans son regard triste qui doit renvoyer aux images d'une enfance misérable, inoubliable,

---

* Les plus émouvants sont ceux qui se replient tout entier dans un signe de grotesque dérision : une coiffure, certaine moustache, des bagues, des chaussures… Pour un moment toute leur vie se précipite là, et le détail resplendit : soudain il s'éteint : c'est que toute la gloire qui s'y portrait vient de se retirer dans cette région secrète, apportant enfin la solitude.

où il se savait abandonné.

    C'est dans cette blessure — inguérissable puisqu'elle est lui-même — et dans cette solitude qu'il doit se précipiter, c'est là qu'il pourra découvrir la force, l'audace et l'adresse nécessaires à son art.

Je te demande un peu d'attention. Vois: afin de mieux te livrer à la Mort, faire qu'elle t'habite avec la plus rigoureuse exactitude, il faudra te garder en parfaite santé. Le moindre malaise te restituerait à notre vie. Il serait cassé, ce bloc d'absence que tu vas devenir. Une sorte d'humidité avec ses moisissures te gagnerait. Surveille ta santé.

    Si je lui conseille d'éviter le luxe dans sa vie privée, si je lui conseille d'être un peu crasseux, de porter des vêtements avachis, des souliers éculés, c'est pour que, le soir sur la piste, le dépaysement soit plus grand, c'est pour que tout l'espoir de la journée se trouve exalté par l'approche de la fête, c'est pour que de cette distance d'une misère apparente à la plus splendide apparition procède une tension telle que la danse sera comme une décharge ou un cri, c'est parce que la réalité du Cirque tient dans cette métamorphose de la poussière en poudre d'or, mais c'est surtout parce qu'il faut que celui qui doit susciter cette image admirable soit mort, ou, si l'on y tient, qu'il se traîne sur terre comme le dernier, comme le plus pitoyable des humains. J'irais même jusqu'à lui conseiller de boiter, de se couvrir de guenilles, de poux, et de puer. Que sa personne se réduise de plus en plus pour laisser scintiller, toujours plus éclatante, cette image dont je parle, qu'un mort habite. Qu'il n'existe enfin que dans son apparition.

Il va de soi que je n'ai pas voulu dire qu'un acrobate qui opère à huit ou dix mètres du sol doive s'en remettre à Dieu (à la Vierge, les funambules) et qu'il prie et se signe avant d'entrer en piste car la mort est au chapiteau. Comme au poète, je parlais à l'artiste seul. Danserais-tu à un mètre au-dessus du tapis, mon injonction serait la même. Il s'agit, tu l'as compris, de la solitude mortelle, de cette région désespérée et éclatante où opère l'artiste.

J'ajoute pourtant que tu dois risquer une mort physique défi-
nitive. La dramaturgie du Cirque l'exige. Il est, avec la poésie,
la guerre, la corrida, un des seuls jeux cruels qui subsistent. Le
danger a sa raison : il obligera tes muscles à réussir une parfaite
exactitude—la moindre erreur causant ta chute, avec les infir-
mités ou la mort—et cette exactitude sera la beauté de ta danse.
Raisonne de la sorte : un lourdaud, sur le fil fait le saut périlleux,
il le loupe et se tue, le public n'est pas trop surpris, il s'y atten-
dait, il l'espérait presque. Toi, il faut que tu saches danser d'une
façon si belle, avoir des gestes si purs afin d'apparaître précieux
et rare, ainsi, quand tu te prépareras à faire le saut périlleux le
public s'inquiétera, s'indignera presque qu'un être si gracieux
risque la mort. Mais tu réussis le saut et reviens sur le fil, alors
les spectateurs t'acclament car ton adresse vient de préserver
d'une mort impudique un très précieux danseur.

> S'il rêve, lorsqu'il est seul, et s'il rêve à lui-même, probable-
> ment se voit-il dans sa gloire, et sans doute cent, mille fois il
> s'est acharné à saisir son image future : lui sur le fil un soir de
> triomphe. Donc il s'efforce à se représenter tel qu'il se voudrait.
> Et c'est à devenir tel qu'il se voudrait, tel qu'il se rêve, qu'il s'em-
> ploie. Certes de cette image rêvée à ce qu'il sera sur le fil réel, il
> y aura loin. C'est pourtant cela qu'il cherche : ressembler plus
> tard à cette image de lui qu'il s'invente aujourd'hui. Et cela pour,
> qu'étant apparu sur le fil d'acier ne demeure dans le souvenir du
> public qu'une image identique à celle qu'il s'invente aujourd'hui.
> Curieux projet : se rêver, rendre, sensible ce rêve qui redeviendra
> rêve, dans d'autres têtes !

C'est bien l'effroyable mort, l'effroyable monstre qui te guette,
qui sont vaincus par la Mort dont je te parlais.

Ton maquillage ? Excessif. Outré. Qu'il t'allonge les yeux
jusqu'aux cheveux. Tes ongles seront peints. Qui, s'il est normal

et bien pensant, marche sur un fil ou s'exprime en vers? C'est trop fou. Homme ou femme? Monstre à coup sûr. Plutôt qu'aggraver la singularité d'un pareil exercice le fard va l'atténuer: il est en effet plus chair qu'un être paré, doré, peint, équivoque enfin, se promène là, sans balancier, où n'auraient jamais l'idée d'aller les carreleurs ni les notaires.

Donc, fardé, somptueusement, jusqu'à provoquer, dès son apparition, la nausée. Au premier de tes tours sur le fil on comprendra que ce monstre aux paupières mauves ne pouvait danser que là. C'est sans doute, se dira-t-on, cette particularité qui le pose sur un fil, c'est cet œil allongé, ces joues peintes, ces ongles dorés qui l'obligent à être là, où nous n'irons — Dieu merci! — jamais.

Je vais tâcher de me faire comprendre mieux.

Pour acquérir cette solitude absolue dont il a besoin s'il veut réaliser son œuvre — tirée d'un néant qu'elle va combler et rendre sensible à la fois — le poète peut s'exposer dans quelque posture qui sera pour lui la plus périlleuse. Cruellement il écarte tout curieux, tout ami, toute sollicitation qui tâcheraient d'incliner son œuvre vers le monde. S'il veut, il peut s'y prendre ainsi: autour de lui il lâche une odeur si nauséabonde, si noire qu'il s'y trouve égaré, à demi asphyxié lui-même par elle. On le fuit. Il est seul. Son apparente malédiction va lui permettre toutes les audaces puisque aucun regard ne le trouble. Le voilà qui se meurt dans un élément qui s'apparente à la mort, le désert. Sa parole n'éveille aucun écho. Ce qu'elle doit énoncer ne s'adressant plus à personne, ne devant plus être compris par ce qui est vivant, c'est une nécessité qui n'est pas exigée par la vie mais par la mort qui va l'ordonner.

La solitude, je te l'ai dit, ne saurait t'être accordée que par la présence du public, il faut donc que tu t'y prennes autrement et que tu fasses appel à un autre procédé. Artificiellement — par un effet de ta volonté, tu devras faire entrer en toi cette insensibilité à l'égard du monde. À mesure que montent ses vagues — comme le froid, partant des pieds, gagnait les jambes, les cuisses, le ventre de Socrate—leur froid saisit ton cœur et le gèle. —Non, non, encore une fois non, tu ne viens pas divertir le public mais le fasciner.

Avoue qu'il éprouverait une curieuse impression—ce serait de la stupeur, la panique—s'il arrivait à distinguer clairement ce soir un cadavre marchant sur le fil !

… « Leur froid saisit ton cœur et le gèle »… mais, et c'est ici le plus mystérieux, il faut en même temps qu'une sorte de vapeur s'échappe de toi, légère et qui ne brouille pas tes angles, nous faisant savoir qu'en ton centre un foyer ne cesse d'alimenter cette mort glaciale qui t'entrait par les pieds.

Et ton costume ? À la fois chaste et provocant. C'est le maillot collant du Cirque, en jersey rouge sanglant. Il indique exactement ta musculature, il te gaine, il te gante, mais, du col—ouvert en rond, coupé net comme si le bourreau va ce soir te décapiter—du col à ta hanche une écharpe, rouge aussi, mais dont flottent les pans—frangés d'or. Les escarpins rouges, l'écharpe, la ceinture, le bord du col, les rubans sous le genou, sont brodés de paillettes d'or. Sans doute pour que tu étincelles, mais surtout afin que dans la sciure tu perdes, durant le trajet de ta loge à la piste, quelques paillettes mal cousues, emblèmes délicats du Cirque. Dans la journée, quand tu vas chez l'épicier, il en tombe de tes cheveux. La sueur en a collé une à ton épaule.

La besace en relief sur le maillot, où tes couilles sont enfermées, sera brodée d'un dragon d'or.

Je lui raconte Camilla Meyer—mais je voudrais dire aussi qui fut ce splendide Mexicain, Con Colléano, et comme il dansait!—Camilla Meyer était une Allemande. Quand je la vis, elle avait peut-être quarante ans. À Marseille, elle avait dressé son fil à trente mètres au-dessus des pavés, dans la cour du Vieux-Port. C'était la nuit. Des projecteurs éclairaient ce fil horizontal haut de trente mètres. Pour l'atteindre, elle cheminait sur un fil oblique de deux cents mètres qui partait du sol. Arrivée à mi-chemin sur cette pente, pour se reposer elle mettait un genou

266

sur le fil, et gardait sur sa cuisse la perche-balancier. Son fils (il avait peut-être seize ans) qui l'attendait sur une petite plate-forme, apportait au milieu du fil une chaise, et Camillia Meyer qui venait de l'autre extrémité, arrivait sur le fil horizontal. Elle prenait cette chaise, qui ne reposait que par deux de ses pieds sur le fil, et elle s'y asseyait. Seule. Elle en descendait, seule… En bas, sous elle, toutes les têtes s'étaient baissées, les mains cachaient les yeux. Ainsi le public refusait cette politesse à l'acrobate : faire l'effort de la fixer quand elle frôle la mort.

— Et toi, me dit-il, qu'est-ce que tu faisais ?

— Je regardais. Pour l'aider, pour la saluer parce qu'elle avait conduit la mort aux bords de la nuit, pour l'accompagner dans sa chute et dans sa mort.

Si tu tombes, tu mériteras la plus conventionnelle oraison funèbre : flaque d'or et de sang, mare où le soleil couchant… Tu ne dois rien attendre d'autre. Le cirque est toutes conventions.

Pour ton arrivée en piste, crains la démarche prétentieuse. Tu entres : c'est une série de bonds, de sauts périlleux, de pirouettes, de roues, qui t'amènent au pied de ta machine où tu grimpes en dansant. Qu'au premier de tes bonds—préparé dans la coulisse—l'on sache déjà qu'on ira de merveilles en merveilles.

Et danse !

Mais bande. Ton corps aura la vigueur arrogante d'un sexe congestionné, irrité. C'est pourquoi je te conseillais de danser devant ton image, et que d'elle tu sois amoureux. Tu n'y coupes pas : c'est Narcisse qui danse. Mais cette danse qui n'est que la tentative de ton corps pour s'identifier à ton image, comme le spectateur l'éprouve. Tu n'es plus seulement perfection mécanique et harmonieuse : de toi une chaleur se dégage et nous chauffe. Ton ventre brûle. Toutefois ne danse pas pour nous mais pour toi. Ce n'était pas une putain que nous venions voir au Cirque, mais un amant solitaire à la poursuite de son image qui se sauve et s'évanouit sur un fil de fer. Et toujours dans l'infernale

267

contrée. C'est donc cette solitude qui va nous fasciner.

> *Entre autres moments la foule espagnole attend celui où le tau-reau, d'un coup de corne, va découdre la culotte du torero : par la déchirure, le sang et le sexe. Sottise de la nudité qui ne s'efforce pas à montrer puis à exalter une blessure ! C'est donc un maillot que devra porter le funambule, car il doit être vêtu. Le maillot sera illustré : soleils brodés, étoiles, iris, oiseaux... Un maillot pour protéger l'acrobate contre la dureté des regards, et afin qu'un accident soit possible, qu'un soir le maillot cède, se déchire.*
>
> *Faut-il le dire ? J'accepterais que le funambule vive le jour sous les apparences d'une vieille clocharde, édentée, couverte d'une perruque grise : en la voyant, on saurait quel athlète se repose sous les loques, et l'on respecterait une si grande distance du jour à la nuit. Apparaître le soir ! Et lui, le funambule, ne plus savoir qui serait son être privilégié : cette clocharde pouilleuse ou le soli-taire étincelant ? Ou ce perpétuel mouvement d'elle à lui ?*

Pourquoi danser ce soir ? Sauter, bondir sous les projecteurs à huit mètres du tapis, sur un fil ? C'est qu'il faut que tu te trouves. À la fois gibier et chasseur, ce soir tu t'es débusqué, tu te fuis et te cherches. Où étais-tu donc avant d'entrer en piste ? Tris-tement épars dans tes gestes quotidiens, tu n'existais pas. Dans la lumière tu éprouves la nécessité de l'ordonner. Chaque soir, pour toi seul, tu vas courir sur le fil, t'y tordre, t'y contorsionner à la recherche de l'être harmonieux, épars et égaré dans le fourré de tes gestes familiers : nouer ton soulier, te moucher, te gratter, acheter du savon... Mais tu ne t'approches et ne te saisis qu'un instant. Et toujours dans cette solitude mortelle et blanche.

Ton fil cependant — j'y reviens — n'oublie pas que c'est à ses vertus que tu dois ta grâce. Aux tiennes sans doute, mais afin de découvrir et d'exposer les siennes. Le jeu ne messiéra ni à l'un ni à l'autre : joue avec lui. Agace-le de ton orteil, surprends-le avec ton talon. L'un à l'égard de l'autre, ne redoutez pas la cruauté : coupante, elle vous fera scintiller. Mais toujours surveillez de ne jamais perdre la plus exquise politesse.

Sache contre qui tu triomphes. Contre nous, mais… ta danse sera haineuse.

On n'est pas artiste sans qu'un grand malheur s'en soit mêlé.

De haine contre quel dieu ? Et pourquoi le vaincre ?

La chasse sur le fil, la poursuite de ton image, et ces flèches dont tu la cribles sans la toucher, et la blesses et la fais rayonner, c'est donc une fête. Si tu l'atteins, cette image, c'est la Fête.

J'éprouve comme une curieuse soif, je voudrais boire, c'est-à-dire souffrir, c'est-à-dire boire mais que l'ivresse vienne de la souffrance qui serait une fête. Tu ne saurais être malheureux par la maladie, par la faim, par la prison, rien ne t'y contraignant, sois-le par ton art. Que nous importe — à toi et à moi — un bon acrobate : tu seras cette merveille embrasée, toi qui brûles, qui dure quelques minutes. Tu brûles. Sur ton fil tu es la foudre. Ou si tu veux encore, un danseur solitaire. Allumée je ne sais par quoi qui t'éclaire, te consume, c'est une misère terrible qui te fait danser. Le public ? Il n'y voit que du feu, et, croyant que tu joues, ignorant que tu es l'incendiaire, il applaudit l'incendie.

Bande, et fais bander. Cette chaleur qui sort de toi, et rayonne, c'est ton désir pour toi-même — ou pour ton image — jamais comblé.

Les légendes gothiques parlent de saltimbanques qui, n'ayant pas autre chose, offraient à la Vierge leurs tours. Devant la cathédrale ils dansaient. Je ne sais pas à quel dieu tu vas adresser tes jeux d'adresse, mais il t'en faut un. Celui, peut-être, que tu feras exister pour une heure et pour ta danse. Avant ton entrée en piste, tu étais un homme mêlé à la cohue des coulisses. Rien ne te distinguait des autres acrobates, des jongleurs, des trapézistes, des écuyères, des garçons de piste, des augustes. — Rien, sauf déjà cette tristesse dans ton œil, et ne la chasse pas, ce serait foutre à la porte de ton visage toute poésie ! — Dieu n'existe encore pour personne... tu arranges ton peignoir, tu brosses tes dents... Tes gestes peuvent être repris...

L'argent? Le pognon? Il faudra en gagner. Et jusqu'à ce qu'il en crève, le funambule doit en palper... D'une façon comme d'une autre, il lui faudra désorganiser sa vie. C'est alors que l'argent peut servir, apportant une sorte de pourriture qui saura vicier l'âme la plus calme. Beaucoup, beaucoup de pognon! Un fric fou! ignoble! Et le laisser s'entasser dans un coin du taudis, n'y jamais toucher, et se torcher le cul avec son doigt. À l'approche de la nuit s'éveiller, s'arracher à ce mal, et le soir danser sur le fil.

Je lui dis encore:

— Tu devras travailler à devenir célèbre...

— Pourquoi?

— Pour faire mal.

— C'est indispensable que je gagne tant de pognon?

— Indispensable. Sur ton fil de fer tu apparaîtras pour que t'arrose une pluie d'or. Mais rien ne t'intéressant que ta danse, tu pourriras dans la journée.

Qu'il pourrisse donc d'une certaine façon, qu'une puanteur l'écrase, l'écœure qui se dissipe au premier clairon du soir.

... Mais tu entres. Si tu danses pour le public, il le saura, tu es perdu. Te voici un de ses familiers. Plus jamais fasciné par toi, il se rassiéra lourdement en lui-même d'où tu ne l'arracheras plus.

Tu entres, et tu es seul. Apparemment, car Dieu est là. Il vient de je ne sais où et peut-être que tu l'apportais en entrant, ou la solitude le suscite, c'est pareil. C'est pour lui que tu chasses ton image. Tu danses. Le visage bouclé. Le geste précis, l'attitude juste. Impossible de les reprendre, ou tu meurs pour l'éternité. Sévère et pale, danse, et, si tu le pouvais, les yeux fermés.

De quel Dieu je te parle? Je me le demande. Mais il est absence de critique et jugement absolu. Il voit ta chasse. Soit qu'il t'accepte et tu étincelles, ou bien il se détourne. Si tu as choisi de danser devant lui seul, tu ne peux échapper à l'exactitude de ton langage articulé, dont tu deviens prisonnier : tu ne peux tomber.

Dieu ne serait donc que la somme de toutes les possibilités de ta volonté appliquées à ton corps sur ce fil de fer ? Divines possibilités !

À l'entraînement, ton saut périlleux parfois t'échappe. Ne crains pas de considérer tes sauts comme autant de bêtes rétives que tu as la charge d'apprivoiser. Ce saut est en toi, indompté, dispersé — donc malheureux. Fais ce qu'il faut pour lui donner forme humaine.

... « un maillot rouge étoilé ». Je désirais pour toi le plus traditionnel des costumes afin que tu t'égares plus facilement en ton image, et si tu veux emporter ton fil de fer, que tous les deux finalement vous disparaissiez — mais tu peux aussi, sur cet étroit chemin qui vient de nulle part et y va — ses six mètres de long sont une ligne infinie et une cage — donner la représentation d'un drame.

Et, qui sait ? Si tu tombes du fil ? Des brancardiers t'emportent. L'orchestre jouera. On fera entrer les tigres ou l'écuyère.

> *Comme le théâtre, le cirque a lieu le soir, à l'approche de la nuit, mais il peut aussi bien se donner en plein jour.*
> *Si nous allons au théâtre c'est pour pénétrer dans le vestibule, dans l'antichambre de cette mort précaire que sera le sommeil. Car c'est une Fête qui aura lieu à la tombée du jour, la plus grave, la dernière, quelque chose de très proche de nos funérailles. Quand le rideau se lève, nous entrons dans un lieu où se préparent les simulacres infernaux. C'est le soir afin qu'elle soit pure (cette fête) qu'elle puisse se dérouler sans risquer l'être interrompue par une pensée, par une exigence pratique qui pourrait la détériorer...*
> ....
> *Mais le Cirque ! Il exige une attention aiguë, totale.*

Ce n'est pas notre fête qui s'y donne. C'est un jeu d'adresse qui exige que nous restions en éveil.

Le public—qui te permet d'exister, sans lui tu n'aurais jamais cette solitude dont je t'ai parlé,—le public est la bête que finalement tu viens poignarde. Ta perfection, avec ton audace vont, pour le temps que tu apparais, l'anéantir.

Impolitesse du public: durant tes plus périlleux mouvements, il fermera les yeux. Il ferme les yeux quand pour l'éblouir tu frôles la mort.

Cela m'amène à dire qu'il faut aimer le Cirque et mépriser le monde. Une énorme bête, remontée des époques diluviennes, se pose pesamment sur les villes: on entre, et le monstre était plein de merveilles mécaniques et cruelles: des écuyères, des augustes, des lions et leur dompteur, un prestidigitateur, un jongleur, des trapézistes allemands, un cheval qui parle et qui compte, et toi.

Vous êtes les résidus d'un âge fabuleux. Vous revenez de très loin. Vos ancêtres mangeaient du verre pilé, du feu, ils charmaient des serpents, des colombes, ils jonglaient avec des œufs, ils faisaient converser un concile de chevaux.

Vous n'êtes pas prêts pour notre monde et sa logique. Il vous faut donc accepter cette misère: vivre la nuit de l'illusion de vos tours mortels. Le jour vous restez craintifs à la porte du cirque—n'osant entrer dans notre vie—trop fermement retenus par les pouvoirs du cirque qui sont les pouvoirs de la mort. Ne quittez jamais ce ventre énorme de toile.

Dehors, c'est le bruit discordant, c'est le désordre; dedans, c'est la certitude généalogique qui vient des millénaires, la sécurité de se savoir lié dans une sorte d'usine où se forgent les jeux précis qui servent l'exposition solennelle de vous-mêmes, qui préparent la Fête. Vous ne vivez que pour la Fête. Non pour celle que s'accordent en payant, les pères et les mères de famille. Je parle de votre illustration pour quelques minutes. Obscurément, dans les flancs du monstre, vous avez compris que chacun de nous doit tendre à cela : tâcher d'apparaître à soi-même dans son apothéose. C'est en toi-même enfin que durant quelques minutes le spectacle te change. Ton bref tombeau nous illumine. À la fois tu y es enfermé et ton image ne cesse de s'en échapper. La merveille serait que vous ayez le pouvoir de vous fixer là, à la fois sur la piste et au ciel, sous forme de constellation. Ce privilège est réservé à peu de héros.

Mais, dix secondes — est-ce peu ? — vous scintillez.

Lors de ton entraînement, ne te désole pas d'avoir oublié ton adresse. Tu commences par montrer beaucoup d'habileté, mais il faut que d'ici peu tu désespères du fil, des sauts, du Cirque et de la danse.

Tu connaîtras une période amère — une sorte d'Enfer — et c'est après ce passage par la forêt obscure que tu resurgiras, maître de ton art.

C'est un des plus émouvants mystères que celui-là : après une période brillante, tout artiste aura traversé une désespérante contrée, risquant de perdre sa raison et sa maîtrise. S'il sort vainqueur…

Tes sauts — ne crains pas de les considérer comme un troupeau de bêtes. En toi, elles vivaient à l'état sauvage. Incertaines d'elles-mêmes, elles se déchiraient mutuellement, elles se mutilaient ou se croisaient au hasard. Pais ton troupeau de bonds, de sauts et de tours. Que chacun vive en bonne intelligence avec l'autre. Procède, si tu veux, à des croisements, mais avec soin, non au hasard d'un caprice. Te voilà berger d'un troupeau de bêtes qui jusqu'alors étaient désordonnées et vaines. Grâce à tes charmes, elles sont soumises et savantes. Tes sauts, tes tours, tes bonds étaient en toi et ils n'en savaient rien, grâce à tes charmes ils savent qu'ils sont et qu'ils sont toi-même t'illustrant.

Ce sont de vains, de maladroits conseils que je t'adresse. Personne ne saurait les suivre. Mais je ne voulais pas autre chose :

273

qu'écrire à propos de cet art un poème dont la chaleur montera à tes joues. Il s'agissait de t'enflammer, non de t'enseigner.

옮긴이의 글

발기하는 예술, 죽음의 제의

책 몇 권과 시 몇 편이 나의 불행한 체험에서 비롯되었다는
사실, 그리고 그 불행한 체험들이 내가 주장하는 아름다움에
필연적이라는 사실을 당신들이 납득하도록 어떻게 증명할 수
있을까?
— 장 주네, 『도둑 일기』 중에서*

주네의 시는 그의 명성에 비해 크게 알려진 바가 없다. 희
곡이 상대적으로 큰 비중을 차지하고 있기 때문일까? 자
료를 뒤져보아도 시에 대한 분석이나 연구는 그리 많지 않
으며, 평론조차 희곡에 바쳐진 것들이 대부분이다. 그 까
닭을 우리는 주네 글쓰기의 목적이 사회적 윤리를 고발하
고 삶의 부조리를 폭로하는 것이었기에 주로 공연이 가능
한 희곡이나 산문 형식을 띨 수밖에 없었던 공교로움을
지적한 사르트르의 말에서 찾을 수 있을지도 모른다. 사르
트르는 주네가 직접 구술한 일화를 다각도로 추적하면서
이 범죄자가 왜 시를 쓰게 되었는지 그 최초의 동기를 풀
어내고자 하였는데, 사연은 이렇다. 미결수들이 대기하고
있는 감방에 주네가 우연히 들어가게 되었을 때, 누군가

---

* 장 주네, 『도둑 일기』, 박형섭 옮김, 민음사, 2008, 158쪽.

275

거기서 제 누이동생에게 보내는 감상적이고 엉망인 시를 써서 자랑하고 있었고, 어설픈 그의 시를 동료들은 칭송했다. 주네는 그만 짜증이 났다. 얼마 안 가, 주네가 자신도 그 정도는 할 수 있다고 선언한 이후 두 사람은 경쟁이라도 하듯 시를 써서 감옥에서 죄수들을 상대로 들려주었고, 이렇게 해서 남겨진 작품이 바로 「사형을 언도받은 자」였다는 것이다. 사르트르는 「갤리선」의 다음 대목이 시 쓰기와 관련된 이때의 체험을 반영한 것이라고 말한다.

> 나의 웃음은 우뚝 선 바람을 거스르다 꺼져버렸다.
> 내게 방금 허용된 감옥의 공기를 맛보며
> 낱말도 문자도 없이 쓰인 시 한 편의 유충에게
> 환멸로 제공된 저 서글픈 잇몸이여.

우리가 번역한 그의 시 가운데 출발선이 되는 작품 「사형을 언도받은 자」는 바로 이런 배경에서 탄생했고, 이것이 주네의 첫 출간이었다.* 물론 수정과 첨삭을 잊지 않았을 것이다. 중요한 것은, 이 장난 같은 시작(詩作)을 주네가 멈추지 않았다는 점이며, 훗날 체계를 갖추고 다듬어 필로르주에게 바친 웅장한 애도의 노래로 탈바꿈하는 데 성공하였다는 사실이다. 그는 이렇게 감옥을 배경으로 한 시 세계에 도전장을 내밀었다. 우리가 선보인 여섯 편의 장시

---

* 장폴 사르트르의 『성자 주네, 배우 그리고 순교자(Saint Genet, comédien et martyr)』(갈리마르, 1952) 474–5쪽 참조.

는 그의 소설과 에세이, 희곡과 무관하기는커녕, 크고 작은 변형을 서로 허용하고 적극적으로 차용한다는 점에서, 주네 문학 전반에 돌올하게 제 자리를 매기게 될 상호 텍스트성의 강력한 증거라는 말을 덧붙이기로 하자.

악의 목을 베어라

당신은 도형장(徒刑場)을 본 적이 있을 것이다. 「쇼생크 탈출」 같은 영화에 흥미를 느낀 당신에게 이 낱말은 낯설지 않다. 탈출을 기획하고 착실히 실행에 옮겨, 결국 감옥의 책임자를 파멸로 몰아 멋지게 복수에 성공한, 종신형을 언도받은 저 죄수의 해피엔딩을 잠시 논외로 한다면, 영화 속 가상의 이미지들은 주네가 시에서 쏘아 올린 상상의 장면들을 어느 정도 충족시켜 줄지도 모른다. 양발에 치렁거리는 사슬과 쇠고랑을 차고, 땡볕 아래, 곡괭이를 높이 들어 올려 힘껏 내려친다. 저 땀나는 근육 하나하나가 꿈틀거리며 뿜어내는 형용하기 어려운 미적 발산은 그런데 대관절 무엇이란 말인가? 은어로 말을 주고받고, 문신으로 제 몸을 수놓은 도형수는 주네에게 힘의 상징이자 순간적인 폭발의 연속 그 자체였을 것이다. 어두컴컴한 감방에 갇혀 일상을 보내다가 기약된 시간에 맞추어 잠시 끌려나와, 한없이 맑은 공기 아래 한시적으로 제 몸을 부리는 노동으로 강고해진 완고한 남성성은 그에게 악(惡)에 대항하는 악(惡)의 육체성, 그러니까 체제라는 괴물 속에서 괴물이 되어버린 징표와 크게 다르지 않았

277

을 것이다. 아니, 그들이 괴물이었기에 체제라는 괴물과
대면할 수 있는 일말의 가능성을 주네가 그들 근육의 빛
나는 광채와 육중한 움직임, 무언가를 잔뜩 머금은 잠재
력에서 엿본 것일지도 모른다. 죽음을 기다리는 죄수들에
게서 뿜어져 나오는 이 기이한 힘은 주네에게는 벌써 미
지의 미학적 정점을 점유하고 있는 것이나 마찬가지였다.
그러나 오해는 말자. 그들은 모두, 우리와 우리 사회의 저
깊숙한 내부에 되돌릴 수 없는 상처를 새겨놓는 자들이라
고 해야 하기 때문이다. 피로 얼룩진 사건들과 오욕으로
점철된 그들의 삶은 모순된 현실을 폭로하고 이 모순을
마주보며 대결을 펼칠 강력한 시적 모티브가 되었다. 절
도와 무임승차, 소매치기 등의 자잘한 죄목으로 체포되어
투렌의 메트레 감화원에 감금되었을 때, 주네의 나이는
고작 열여섯이었다. 감화원에 대한 기억을 추적하여 백지
위에서 그 흔적들을 맘껏 피워낸 이 도형수들의 형상은
그의 시를 매우 풍성하고도 역동적으로 물들이는 근원이
된다.

오, 머나먼 저편 견디기 힘든 저 도형장의 감미로움이여!

오, **아름다운 탈옥**의 하늘이여, 바다여, 종려나무들이여,

맑게 비치는 저 아침들이여, 미쳐 날뛰는 저녁들이여, 평온한
밤들이여,

오, 바짝 깎아 올린 머리칼과 저 **사탄**의 **피부**들이여.

—「사형을 언도받은 자」 중에서

이렇게 도형수라는 존재와 그들의 노동 행위 하나하나
가 주네에게는 시적 영감의 원천이었다. 험한 육체노동을
형벌로 받아, 죽기 살기로 일을 해야만 하는 그들의 처지
와 그 고통, 몸을 억압하고 정신을 강제하는 감금으로 다
져진 저 빡빡한 피부 밖으로 뿜어져 나오는 무시무시한
광채를 그러나 그는 매우 우아한 시적 언어, 그러니까 아
주 오래전부터 롱사르의 시집을 읽고 제 입술에 그의 시
를 달싹거리게 해놓았기에 솟아난 것이 분명한 웅장한 어
조, 영탄조와 웅변조에 따라 변주되어 살아나는 고상하고
단아한 리듬으로 제 시의 절정을 표현할 줄 알고 있었다.*
지루하고 비루한 삶과의 단절이면서, 이 절연의 과정을
표상하는 일순간의 행위를 시에서 빛나는 상징으로 발현
하는 데 있어 주네만큼 도형수를 잘 활용한 시인을 발견
하기는 쉽지 않다. 물론 주네가 처형을 주제로 제 이야기
를 전개했던 도스토옙스키에 흠뻑 빠진 독자였다는 사실
도 간과할 수 없을 것이다. 그러나 무엇보다도 그는, 도형
수라는 모티브를 시에 끌어와 정치적이고 미학적이며 신
비한 형상을 목도하고자 했던 투시자 랭보의 시에서 자양
분을 취해온 것으로 보인다.

---

* 『장 주네 사전』을 편집한 마리클로드 위베르는 주네가 감옥에서 우연히 발견하게 된
롱사르의 시에 매혹되어 열정적으로 임했다고 설명한다. 주네는 사전에 실린 베르트랑
푸아로델페크(Bertrand Poirot-Delpech)와의 인터뷰에서 고통을 표현한 자신의
언어는 거개가 롱사르의 시에서 배웠다고 말한 바 있다. 『장 주네 사전』, 600쪽.

아직 어린아이였을 적에, 나는 감옥의 아가리가 늘 다시 삼켜 버리는 저 완악한 도형수를 찬탄의 눈으로 바라보았다. 나는 그가 머묾으로써 성별(聖別)되었을 여관과 하숙을 찾아다녔다. 나는 그 사람이 했을 생각을 나도 하며, 푸른 하늘과, 들판에 꽃핀 노동을 바라보았다. 나는 거리거리에서 그 숙명의 냄새를 더듬었다. 그에게는 성자보다 더 많은 힘이, 여행자보다 더 풍부한 양식(良識)이 있으며, ―그의 영광과 그의 분별을 말해줄 증인이 있으니, 그 자신이다, 오직 그 자신!

― 아르튀르 랭보, 「나쁜 피」 중에서

곡괭이를 잠시 내려놓고 죄수들이 모여 앉아 저기 담배를 피우고 있다. "연기가 네 목구멍을 타고 내려가는 / 그 사이" 그의 눈에 도형수들이 "장엄한 춤을 추"는 모습이 끊임없이 아른거린다. "도형장 탈옥수의 저 매혹적인 탈주에 대한 / 생각에 여전히 사로잡힌 채" 그는 장례식에서 읊는 애도사의 형식을 제 시에 취해오고, 에로티시즘과 불가분의 관계 속에서 도형장의 이미지를 불러내 죽음과 무시로 포개어놓는 일을 잊지 않는다. 강력한 말투, 주장이나 항의, 감탄이나 웅변에 가까운 발화*에 기대어 그가 제 작품을 집필했다는 사실은 매우 중요해 보인다. 그의 시 전반을 이끌어나가는 주된 어조일 뿐만 아니라, 결국 번역을 통해서 우리가 일깨우려고 했던 원문의 잠재력

---

* 같은 책, 55쪽.

이 바로 이 어조, 저 비상한 말투였기 때문이다.

그는 우아한 형식을 제 시에 두루 입혔지만, 이와 상반되게 저속하다 할 어휘들, 감옥에서 주고받는 생생한 속어들을 들고서, 다짐을 하듯, 선언을 하듯, 통사를 단단하게 벼려낸 한 줄 한 줄로 유려한 시 한 편을 구성해낸 독특한 시인이었다.

감옥에서 발기하라

모든 '인간들' 마음 저 깊은 곳에, 시로 된 5초의 비극 한 편이 공연을 펼치고 있는 것은 아닐까? 갈등들을, 외침들을 잠재울 단도 몇 자루나 감옥, 석방된 인간은 시의 증인이자 재료이다. 나는 시가 갈등들을 제안해왔다고 오래전부터 믿었다. 그러니까 시는 갈등들을 파기할 것이다.
— 장 주네, 『꽃피는 노트르담』 중에서*

하녀나 노예, 죄수나 창녀, 흑인이나 피식민자 등, 현실이 피지배라는 딱지를 붙여놓은 존재들은 사회의 주류에 포섭되지 못하거나 중심을 이탈한 채, 주변부에 남겨진 덤이자 주위를 맴도는 잉여와도 같은 존재들이다. 이들은 폭력이 행사된 이후에도 사회에서 사라지는 법이 없다. 소멸의 길을 걷는 대신, 가시권에서 벗어나 존재하는 길

---

* 장 주네, 『꽃피는 노트르담』, 갈리마르, 1976, 297쪽.

을 택한 그들은, 공동체의 문화적 무의식을 잠식하는 기저를 이루어, 오히려 자기동일성과 전체주의적 획일성을 혁파하려는 본능과 같은 직감을 품고, 언제고 드러날 수 있는 이 사회의 잠재태가 되어 삶의 변두리를 전전하며 웅크리고 있을 뿐이다. 주네는 우리가 희생양이라고 말하면서도 자유를 보장하지 않았던 이 우수리들, 이 발가벗은 생명(nuda vita)들의 편에 서서, 사회가 그들에게 가한 온갖 거짓과 위선을 폭로하고자 문학에 입회했으며, 그들이 행복할 수 있도록, 때론 현장에서, 자주는 붓의 힘으로, 그 가능성을 현실에서 열어보이려 했다. 발가벗은 생명들, 바로 그렇기에 장엄하며 성스러운 이 존재들은 주네에게는 우선 "죽음을 위해 존재하는 감옥"(「사형을 언도받은 자」)에서 만난 동료들이자, "헝가리 저 오지"(「사형을 언도받은 자」)를 떠돌면서, "내 마음의 원수 에스파냐"(「되찾은 시편」)의 후미진 골목을 서성이다가 사귀게 된 동성애 파트너들이었다.

> 그곳에서 장엄하게, 네가 흩뿌리는, 저 순백의 환희들이,
> 내 감방 침대 위로, 말 없는 내 감옥 안으로, 눈송이처럼 떨어
>   지고 있구나:
> 끔찍한 공포여, 보랏빛 꽃에 둘러싸인 저 사자(死者)들이여,
> 제 수탉들과 함께 맛보는 죽음이여! 연인들의 유령들이여!
> ─「사형을 언도받은 자」 중에서

죄수들의 축축한 영혼과 사형수의 이글거리는 육신에 동화되어, 죽음의 유령에서 좀처럼 빠져나올 수 없었던 까닭일까. 피라미드식 지배 체계의 보이지 않는 횡포와 맞서 싸우기를 자청한 그에게 부르주아사회의 폭압적 이데올로기와 가부장적 질서, 성적 파시즘과 미학적 단일성에 대항하는 악마주의는 차츰 낯설지 않은 것이 되어갔다. 악의 완성을 추구하는 시인이었던 주네에게 동성애는 악이라는 불가능한 꿈을 실현할 수 있는 불가피한 선택지와 다르지 않았다. 그는 선과 악의 뒤바뀐 자리에 서서, 이 세계를 몹시 기이한 눈으로, 그러니까 오로지 정념의 포화 상태에서만 입사할 수 있는, 저 알 수 없는 감정과 분노로 휩싸인 육신에 감히 기투하였다. 그것은 우선 남자들의 몸, 남자들의 성기, "말 없는 내 감옥 안"에서 남자들과 나누는 정사에서 "눈송이"를 떨구며 피어난 '악의 꽃'이었다고 하겠다. 『도둑 일기』에서 주네는 이런 말을 남긴다.

만일 독자들이 이러한 장터 오락장, 감옥, 꽃, 성스러운 성당의 물건들, 역, 국경, 마약, 선원, 항구, 변소, 장례식, 누추한 방 따위의 부대 장치들을 이용하여 보잘것없는 멜로드라마를 만들고, 시와 범상한 미를 뒤섞어 놓았다고 비난한다면 나는 뭐라고 대답해야 할까? 나는 내가 범법자들을 사랑하면서 그들의 육체적 아름다움 이외의 어떤 아름다움도 받아들이지 않는 사랑을 한다고 말한 바 있다. 지금 열거한 부대 장치들은 모두 남자들의 폭력과 난폭한 행동에 물들어 있는 것들이다. 여자들은 이런 물건들과 거리가 멀다. 그런 물건들에 생기를 넣어주는 것은 남자의 몸짓이다.*

주네는 비참한 자들, 죄인들, 거지들, 사형수들과 함께 틔워낼 우정에서 악의 완성이라는 불가능한 이상을 이 세계에서 실현할 희망을 품는다. 이들과의 우정은 어떻게 가능할 것인가? "범법자들을 사랑하면서 그들의 육체적 아름다움 이외의 어떤 아름다움도 받아들이지 않는 사랑"이 그 방법이었다고 한다면, 이러한 우리의 가정은 주네의 동성애 찬미에 대한 알리바이가 되는 동시에, 그가 처한 환경 속에서 그렇게 할 수밖에 없었던 절규의 표현이 바로 동성애였다는 사실도 알려준다. 주네에게 동성애는 감옥의 삶을 반영할 구체적인 방편이자 그곳의 실존을 활활 태워, "시와 범상한 미를 뒤섞어 놓"을, 축축하고 어두운 자아의 한 실천적 양태였으며, 그렇게 상상력과 현실을 적절하게 섞어가며 넘볼 몽환의 문법이었다. 처형을 기다리는 자들에게 일시적으로 죽음을 유보하거나, 지금-여기에 앞당겨 끌어와 죽음을 체험하게 해줄 동성애는, 그러니까 현실의 악과 맞서려는 목적하에서만 오로지 악을 완성해나갈 희망이자 절박함의 표출, 환각에로의 몰입이자 도피의 문턱은 아니었을까?

* 장 주네, 『도둑 일기』, 박형섭 옮김, 민음사, 2008, 389쪽.

나를 단두대에서 처형하는 것은 오늘 아침이 아니다.
나는 편안히 잠을 잘 수 있다. 2층 침대 위 나의 저 나태한
어린 애인이, 나의 진주가, 나의 예수가 잠에서
깨어난다. 그는 짧게 깎아 올린 내 대가리에 제 딱딱하고
        커다란 자지를 박으러 올 것이다.
— 「사형을 언도받은 자」 중에서

필로르주가 말을 한다. 주네가 그 말을 듣는다.

> **사랑이여, 우리 함께, 더러 단단한 애인을 꿈꾸자꾸나**
> **우주처럼 거대할지언정 그림자들로 얼룩진 저 몸.**
> 그가 이 어두컴컴한 거처에 우리를 발가벗겨놓고, 제 황금빛
>   사타구니 사이에서,
> 김이 피어오르는 제 배 위에서 우리를 단단히 조여오르니,
> — 「사형을 언도받은 자」 중에서

이번엔 주네가 말을 한다. 필로르주가 제3자가 되어 이 말
을 받는다. 시에서 이 둘은 쉴 새 없이 자리를 바꾸어가며,
화자가, 또 청자가 되어, 그렇게 "내 시 속으로 너를 빠뜨
려 네가 달아날 수 없게 만들어버"(「장송행진곡」)리는 일
의 주체가 되어, 섹스를 한다. 주네는 동성애로, 악과의
투쟁을 통해, 죽음과 현실을 무화시키는 입법자의 지위
를 점유하려 했다고 말해도 좋겠다. 동성애는 "태어나기
전의 저 밤 속에서 다시 태어나리라 기대하면서" "**죽음을**

285

알아보라"고, 내가 타자에게 보내고 타자로부터 내가 받는 "한결 고상한 신호"(「장송행진곡」)였다. 시에 국한하여 말하자면, 그는 최소한, 죽음과 처형이라는 악에 항의하는 그만의 방식을 고안하기 위해, 동성애에 몰입하는 매 순간의 정념 속으로 빨려 들어가기를 자청했으며, 이를 위해서라면 몽상과 환각을 지금-여기에 끌어다놓는 일도 마다하지 않았다. 그러나 주네는 성이라는 통념이나 남성/여성의 구태의연한 구분을 무위로 돌려놓는 일에만 동참하려 한 것이 아니라, 현대사회를 지배하고 있는 성의 신화 자체를 전복하려는 목적하에 견고한 통념의 성벽을 기이한 방법으로 허물려 했다는 편이 옳을 것이다. 그래서 그는 "섹스 때문이 아니라, 범죄 때문에 발기했다"*고 말할 수 있었을 것이다. 그러니까, 매우 앞서갔다고 인정할 수밖에 없는 시기에 동성애가 갖고 있는 사회 저항의 정신과 자연의 이치를 거스르는 미적 역설에 입회했던 주네는 동성애의 개인적 의의와 사회적 가치를 정확하게 파악하고 있었던 것은 물론, 동성애를 악을 완성할 이론적 수단으로 삼아, 죽음과 삶의 경계를 무화시키는 지점까지 밀고 나가기 위해, 그렇게나 자주, 제게 주어진 삶을 아예 다른 관점에서, 때론 환상에 의지해서, 때론 상상에 제 몸을 맡겨 재편하며, 자신에게 주어진 밀폐된 공간에 커다란 구멍을 내는 일에 몰입한 것은 아닐까.

* 같은 책, 17쪽.

제일 아름다운 자들이 기이한 질병으로부터 피어오른다.

그들의 엉덩짝 기타에서 멜로디가 터져 나온다.

바다의 거품이 우리를 침으로 가득 적신다.

제 목젖으로 함장은 우리에게 어떤 활력을 불어넣었던가?

——「갤리선」 중에서

주네는 동성애를 규범으로 삼아, 죽음과 대결하면서 아슬
아슬하게 요동치는 자아의 확보에 절박하게 매달렸으며,
그것은 적어도 그 시대에는 금기에 가까운 것이었다. 그
러나 주네에게는, 동성애 역시 정상이라 주장하는, 그러
니까 경제적·심리적·정치적인 측면에서 항상 종속을 강
요하는, 저 부패한 이성애의 구조를 그대로 답습할 위험
에 노출되어 있기는 마찬가지였다.* 주네의 뛰어난 점 가
운데 하나는 누구보다도 먼저 이러한 이분법의 편리한 구
분이 폭력적이라는 사실을 인식했다는 사실에 있다. 주네
가 동성애를 그저 반발과 저항의 차원에 정박시킨 것이
아니라, "기이한 질병으로부터 피어오른" "제일 아름다운
자들"이 불어넣은 "어떤 활력"으로 받아들여, 악을 실행할
폭주 기관차이자 죽음을 대면할 삶의 검은 구멍으로 승화
시킬 수 있었던 것은 바로 이 때문이다. 이렇게 아르카몬
은 가장 단단하고 완벽한 모습의 섹스 파트너가 되어, 우
리를 묶어두고 있는 통념의 사슬과 족쇄를 끊어내, 미지

* 주네에게 있어서 동성애의 사회적 가치와 특성에 관해, 정순식의 「Genet의 작품에
나타난 동성애 연구」(서울대학교 석사 논문, 1985) 참조.

의 세계로 함께 힘겨운 걸음을 옮길 불가능성의 가능성○
자 해방의 화신으로 살아난다.

> 그리고 갤리선이 발기하였다. 아찔한 한 마디 낱말이여.
> 세계의 깊은 곳에 당도하여 아름다운 질서를 사라지게 하는
> 구나.
> 나는 족쇄와 끈을 물어뜯는 저 아가리들을 보았다.
> ―「갤리선」 중에서

아르카몬이 동성애에 익숙해지면 질수록, 그러니까 그
가 "젖은 외투 속에서 아주 부드럽게 튀어 올라 넣고 빼기
를 반복하여 / 결국 감동받을 한 명의 여왕"의 모습으로
변해갈수록, 주네는 그와 함께 "탈주하는 이 아름다운 세
계"를 "더욱 단단하고 견고한 / 영원 속에서 붙잡았다는
사실"을 재차 확인할 수 있었던 것이며, 그렇게 그와 "공
포로 가득한 한순간"을 살았노라고 말할 수 있었던 것이
다. "힘센 죽음의 풍문 실타래"(「갤리선」)가 그를 앗아가
는 그 순간까지, 그러니까 처형될 그 순간까지, 주네는 그
의 존재에서 최대치의 정념을 이끌어내 그가 가장 위대한
모습으로 현존할 가능성을 갤리선을 한 척 띄워 상상과
현실이 뒤섞인 시적 공간에서 모색해나갔던 것이다. 그가
독방이라는 극한상황에서 끓어오르는 탈주의 욕망을 해
소해낼 상상적 대체물로 갤리선을 해방의 출구처럼 고안
해낸 것은 소설 『장미의 기적』에서이다.

탈주와 사랑에 대한 욕망이 배를 어느 도형장에서 탈주한 반항의 갤리선으로 위장하도록 한다. 그것은 '공격호'다. 나는 이 배를 타고 투렌의 나뭇잎이나 꽃이나 새 사이를 헤치고 남해로 항해하고 있는 것이다. 갤리선은 내 명령에 의해 탈주를 감행했다. 배는 라일락이 활짝 핀 하늘 아래로 나아간다. 라일락 꽃송이는 '피'라는 말보다 더 무겁고 더 많은 고뇌를 지니고 있다. 이제 과거 메트레의 보스들로 구성된 승무원들은 천천히 고통스럽게 움직이기 시작했다. 어쩌면 그들은 깨어나고 싶었을지도 모른다. (…) 그는 무슨 죄를 지었기에 바다의 도형장으로 향했던 것일까? 또 어떤 신념이 갤리선에서 반란을 일으키도록 했을까? 나는 모든 것이 그의 잘생긴 얼굴, 금발의 고수머리, 예리한 눈초리와 하얀 이빨, 속이 깊은 목구멍, 딱 벌어진 가슴 그리고 육체의 가장 중요한 부분인 성기 때문이 아니었을까 생각한다. (…) 당신들은 지금 내가 노래하고 있다고 말할 것이다. 그렇다. 나는 노래하고 있다. 나는 메트레 감화원을, 우리의 감옥을, 그리고 내가 아무도 모르게 아름다운 폭군들의 이름을 붙여 주고 있는 부랑자들을 찬양하고 있다. 당신들이 부르는 노래에는 대상이 없다. 당신들은 공허를 노래하고 있을 뿐이다.*

주네는 일찍이 감화원에서 겪었던 동성애의 기억을 "당당한 항문 성교자들"(「파라드」)의 시로 현재에 환원해내었

---

* 장 주네, 『장미의 기적』, 박형섭 옮김, 뿔, 2011, 103-4쪽.

다. 그는 남성의 육체적 성숙에 대한 탐닉, 정념의 분출과 사정에 대한 예찬을 만가(輓歌)의 가락으로 지었으나 찬가(讚歌)를 낭송하듯 읊고자 했다. 성애의 절정에 이르는 순간에 정지된 시간이 그에게 절실했던 것은, 사형수의 목에 매달려 있는 죽음의 시곗바늘에 무거운 추를 매달아 놓을 방법이 이것밖에 없다고 여겼기 때문은 아니었을까?

> 풀이 무성한 황야를 지나, 풀어헤친 네
> 허리띠 아래 목구멍은 말라붙고 팔다리는
> 녹초가 되어 우리는, **그것**의 근처에 도달한다.
> 그것의 광휘 속에서 시간마저 상장(喪章)으로 뒤덮여
> 그 아래에서 태양과, 달과, 별들이
> 그대의 두 눈이, 그대의 울음이 필경 빛을 발할 것이다.
> 시간도 그의 발밑에서는 어두워지리라.
> 그곳에서는 오로지 기묘한 보라색 꽃들이
> 이 울퉁불퉁한 구근으로부터 피어날 뿐이다.
> ─「쉬케의 어부」중에서

에로티시즘의 시간이 죽음의 시간과 다르지 않다는 사실을 여기서 새삼 확인하는 것으로 주네의 독특하고 야릇한 시 세계가 모두 설명되지는 않을 것이다. 그러나 폭발하듯 정지하는 시간을 발명해야 한다고 여겼던 필요성만은 지적해야 할 것 같다. 육신의 현재와 이에 따른 부수적인 시간에 그 어떤 새로움도 있을 수 없는 것이라면(왜냐

하면 감옥의 죄수이기에), 육신의 미래라는 말, 그 말은 주네에게 얼마나 매혹적이었을까? 없는 곳에 도달해서라도, 없는 자신이 되기를 갈망해서라도, 없는 타자가 현존할 상상의 세계 속에서라도, 또 다른 현재의 순간을 지금-여기에서 펼쳐내기 위해, 그에게 허용되었던 유일한 길이 바로 정사(情事)이자 정사(情死)였을 것이다. 인용된 시에서 매우 상징적으로 쓰인 **"그것"**이 한편으로 페니스를 의미하기도 하지만, 3인칭 대명사를 대문자(Lui)로 표기한 것이 우연이 아니라고 우리가 믿는다면, 이 대문자 **"그것"**은 성애의 궁극적 도달점이자, 오로지 질퍽하고 원색적인 성행위를 통해서만 움켜쥐어야 "광휘 속에서 *시간마저* 상장(喪章)으로 뒤덮"게 할 수 있는 힘, 다시 말해, 죽음을 유보하고 정지시킬 유일한 가능성인 것이다.

이야기여, 애도의 밧줄 아래 어서 출항을 준비하라!
—「파라드」중에서

허나 바다를 배회하는 자들의 저 초록색 깃발은
어딘가에서 밤을 새워야 할 것이다, 극지에서 휘날려야 할 것이다.
저 밤을, 저 창공을 흔들어, 그대의 두 어깨에 뿌려야 할 것이며
모래에 묻힌 그대의 두 발에 공기의 샘을 뚫어야 할 것이다.
—「사랑의 노래」중에서

더없이 충족되고 있는 저 갤리선 위의 이 시간은 오로지 성애를 통해 체현될 시간일 뿐이며, 현실의 시간을 끊어내는 순간, 관능이 폭발하듯 완성을 넘보는 바로 그 찰나이자, 차라리 사정의 짧은 몇 초의 순간이라면, 그 순간이야말로 주네에게는 죽음을 정지시키는 순간일 것이다. 주네에게 에로티시즘은 죽음을 현실에서 대면하게 해주지만, 오로지 현실적인 죽음(예컨대, 처형)을 유보하는 데 없어서는 안 될 필연의 장치로 표상될 수밖에 없었을 것이다. 그러나 그는 이 에로티시즘의 순간과 순간을 덧대어 죽음을 유보할 수 있을까? 폭발하며 흩어지고, 이내 꺼져버릴 불꽃을, 사랑의 의지로, 정사의 힘으로, 정념의 발산으로 지속시키면서 연장해나갈 수 있을까? 그의 시가, 무언가에 매달린 듯 대롱거리며 현실에서 제 가치를 모색해내는 일에서 정점을 찍는다면, 그것은 바로, 이 순간의 긴장을 웅장한 언어로 분출하듯 쏘아 올려, 저 망망대해를 저어나갈 이정표로 하나를 내려놓고, 허공에 그린 무늬의 흔적처럼 승화시키는 데 성공적으로 합류하기 때문은 아닐까?

이제 시라는 예술이 그에게 무엇이었는지 한 번 더 물어볼 시간이 되었다. 소설 『꽃피는 노트르담』에서 한 대목을 인용한다.

시는 떠받쳐지고 팽팽해진, 더러 힘을 소모시키는, 어떤 노력에 의해 획득되는 세계관이다. 시는 자발적이다. 시는 어떤 포기가 아니라, 감각에 의해 입사하는, 자유롭고 대가를 바라지 않는 하나의 입구이다.*

주네는 포기하지 않는 시, 실패하되 패배하지 않는 시, 감
각을 극대화하여 원초적 자유를 회복하는 일에 도전하는
시를 쓰려고 했다. 그에게 시는 이렇게 자발적인 것, 자발
적 의지의 표상이었으며, 시를 플라톤적인 관점에서 변치
않는 진리를 제 언어로 회복하려는 도전으로 여기는 것만
큼 그의 관심사에서 동떨어진 것은 없었을 것이다. 어쩌면
현실이 고상한 시도를 허용하지도 않았겠지만, 사실 그는
뮤즈에게 일가(一歌)를 바치는 일 따위나 의미를 배반하는
사물의 본질로 파고드는 관념에의 천착 같은 것은 단 한
번도 꿈꾸지 않았다고 하는 편이 옳을 것이다. 그는 오로
지 현실의 경험에 토대하여, 기억술과 상상력을 제 재능으
로 삼아, 낯설고 굳게 닫혀 있는 미지의 문을 열려는 용기
를 꺼내들었고 이 용기로 사랑을 궁굴려내려 했을 뿐이었
다. 손을 뻗으면 달아나버리는 숱한 환상과 공포 앞에서,
제 이미지를 부여잡고 자족에 빠지는 나르키소스처럼 현
실을 거부하거나 현실을 묻어버렸다면, 그는 우리가 선보
인 것과 같은 시를 제 인생에서 결코 남기지 못했을 것이
다. 그는 오히려 사르트르의 말처럼, 어떤 환상이든 제 앞
으로 끌고 와 게걸스럽게 점유하려 했기에 리얼리스트라
고 불릴 자격을 갖춘 시인**이었다고 해야 할 것이다.

* 장 주네, 『꽃피는 노트르담』, 갈리마르, 1976, 260쪽.
** 장폴 사르트르, 『성자 주네, 배우 그리고 순교자』, 갈리마르, 1952, 371쪽.

외줄 위에서 죽음과 대면하라

어느 순간 목숨을 걸고, 또 그런 일로 저 자신을 모조리 잊고서, 무언가를 실행해야 한다는 사실을 숙지하여 안다고 해서, 그와 같은 일을 직접 실천의 반열에 올리는 사람은 필경 미친 자일 것이다. 그러나 주네는 그렇게 해야만, 그러니까 제 목숨 따위는 안위에 두지 말고 집중할 때, 저 새하얗게 변해버린 머릿속 같은 순간 속으로 들어가야만, 예술이, 예술의 혼이, 지상에서 맘껏 타오를 수 있다고 믿었다. 그는 이렇게 외줄 위에서 곡예를 해야 하는 젊은이에게, 일면 지독해 보이지만 일면 매우 아름답다 할 충고를 건넨다. 주네에게 예술은, 그의 시가 추구했던 바, 자기를 걸고 임하는 일종의 희생 제의나 다름없다. 온갖 잡념을 지워내고, 두려움을 떨쳐버리고, 관객을 위해, 자아를 뒤로 물리기 위해, 혼신을 다해 자기를 치장한 다음, 외줄 위에 올라, 맑은 눈을 들어 허공을 천천히 바라볼 때, 그렇게 천장에서 내리쬐는 스포트라이트에 제 시선마저 양도할 때, 두 눈을 지그시 감고서도 모든 것을 볼 수 있는 무화의 상태에서 뿜어져 나오는 한 줄기 빛에 모든 것을 송두리째 일임할 수 있을 때, 예술가는 비로소 제 앞에 가능성을 열고 그 좁은 문틈으로 입장하게 된다. 이 가능성을 그런데 주네는 무엇이라고 생각했을까?

나는 희생을 최고의 미덕이라고 생각한다. 고독은 그 정도까지는 아니다. 희생은 훌륭한 창조적 미덕이 될 수 있다. 그것

294

은 저주를 받아 마땅하다. 범죄가 나의 정신적 활력을 보장하는 데 소용된다고 주장하면 놀라운 일인가?

　　나는 언제쯤 나 스스로 빛이 되는 이미지의 중심으로 도약할 수 있을까? 당신들의 눈앞에까지 전달해주는 그 빛의 이미지 말이다. 나는 언제 시 속으로 뛰어들 수 있을까? 나는 성스러움과 고독을 혼동함으로써 이성을 잃는 위험에 빠져 있는지 모른다.*

"외줄의 환희와 그의 사의(謝意)를 인정"할 때까지, "**죽음 그 자체에 속한 것**", 그러한 이미지를 발명하고, "그를 받아들이기 위해 홀로 되"라고 말하는, 유려한 시적 산문이 우리 앞에 있으며, 이것은 보들레르가 말했던 "리듬도 각운도 없이 음악적이며, 혼의 서정적 약동에, 몽상의 파동에, 의식의 소스라침에 적응할 수 있을 만큼 충분히 유연하고 충분히 거친, 어떤 시적 산문의 기적"**의 실현이라고 불러도 좋겠다. 제가 사랑하는 젊은 곡예사 압달라에게 당부한 "그 무엇에도 굴복하지 않을 어떤 대담함"은 죽음 그 자체가 되라는 주문이자 예술이 지불해야 할 대가이며, 그것은 필경, "지나치다 할 정도로 미친 짓"에 대한 직시의 권고와 다르지 않을 것이다. 우리는 이 글을 틈틈이 소리 내어 읽어봐도 좋겠다.

* 장 주네, 『도둑 일기』, 박형섭 옮김, 민음사, 2008, 312쪽.
** 샤를 피에르 보들레르(Charles Pierre Baudelaire), 『산문시(파리의 우울)(Petits poèmes en prose[Le Spleen de Paris])』, 갈리마르, 1973, 22쪽.

이 유려한 산문에 대해 부기해야 할 것이 있다면, 파스칼 카롱의 지적처럼, 그 페이지의 수나 독서 시간이 얼추 서커스 한 막의 공연 시간과 엇비슷하게 구성되었다는 점이다. 따라서 한 편의 퍼포먼스처럼 집필한 이 글의 시적인 측면이, 대상에 대한 묘사를 저버리고, 독서를 통해 독자들이 직접 체험할 생생한 대상을 그리려는 데 놓여 있다*는 사실을 염두에 둘 만하다. 열아홉 살 곡예사 압달라에게 건네는 이 진심 어린 충고에 관해 하나 더 덧붙이자. 원문에서 이탤릭체로 표기된(이 책의 본문에서는 단락을 들이고 다른 서체로 처리한) 부분이 주네 자신에게 건네는 대화이기도 하다는 사실.

부기

시 그리고 번역과 관련해 세 가지를 언급한다.

1. 우리가 번역한 주네의 시는 정형시다. 번역은 이 외적 제약에 대한 고민에서 출발했으며, 그럼에도 기계적으로 그 틀을 유지하는 방법을 번역이 가야 할 유일한 길로 여기지 않았다. 여기에는 이유가 있다. 정형시가 시일 수 있는 가능성은 어디에 달려 있는가? 주네의 작품은 정형률에 맞춰 쓰였기 때문에 시인가? 셰익스피어의 소네트가 소네트이기 때문에 시라고 할 수 없는 것과 마찬가지로,

---

* 파스칼 카롱, 「스팽글을 좀 더 달자면… 장 주네의 「외줄타기 곡예사」 그리고 움직임의 시적 이미지」, 『문학』 139호, 2005.

주네의 시가 알렉상드랭 시구로 구성된 장시가 대부분이라고 해서, 그 시적 가치가 이 외피에만 의존한다고 여길 수는 없다. 정형률로 가지런히 짜인 경우라도, 시 번역은 시가 되는 힘, 시적 가치를 창출해내는 지점들을 옮겨와야 한다. 프랑스어의 음절 수, 낱말의 개수, 운지법, 리듬, 호흡, 휴지, 통사 구조는 한국어와 완전히 다르게 구성되어 있다는 사실도 상기해야 한다. 프랑스어와 영어 사이의 번역에서와 마찬가지로, 일본어와 한국어 사이의 번역에서 형식을 완벽하게 번역해내는 경우가 흔한 것은 언어의 구조적 동질성이 번역의 그와 같은 가능성을 허용해주었기 때문일 뿐이다. 원문이 머금고 있는 특수성은 정형률이라는 형식적 산물만은 아니다. 그 위에 각운과 규칙적인 음절들과 조화로운 음성이 재료로 가지런히 배열되어 있는 팔레트 하나를 손에 쥐고 있다고 가정해보자. 붓을 들어 화폭에 이것들을 규칙에 맞추어 배분하여 반듯한 그림 하나를 그렸다고 해서 예술 작품이 탄생할 수 있다고 생각하는 것은 커다란 오산이다. 번역에서 중요한 것은 정형시의 정형시로의 번역이 아니라 운문의 형식, 운문이라는 형식을 번역에서 독자들이 느낄 수 있게 해주는 흔적을 새겨놓는 번역이다. 그러니까 정형률을 반드시 반영해야 한다며 자구 대 자구를 옮기는 모사 수준의 번역을 감행하게 부추기는 충실성의 강박관념에 사로잡힌 번역만큼, 형식적 제약의 포로가 되어 한국 시의 형식들 가운데 하나를 골라(주로 3, 4조를 선택한다) 원문을 정형률

297

의 등가로 치환하며 정형시를 정형시로 번역해야 한다는 신념을 공고히 하는 번역 태도 역시, 궁극적으로 시를 어디론가 이동시키기는 마찬가지인 것이다. 이 번역에서 유지하려 했던 가장 중요한 덕목은 주네의 시를 '운문'*으로 번역하려는 시도였다. 나는 단단한 원문이 깨어질 때 쥐여진 말의 파편들을 하나하나 이어 붙이려 노력할 때 생겨나는 흔적처럼 '운문의 특성'을 번역에서 살려내는 데 주력하였다. 베냐민의 말에서 영감을 받아 그렇게 한 것이 아니라, 원문을 시로 번역하려면 어쩔 수 없는 방법이었기 때문이다. 원문에 웅크리고 있는 무언가를 번역에서 깨트리고 다시 이어 붙이려 시도했다고 말해야 하겠는데, 지나보니 그것은 형식의 조합이나 형식의 대체가 아니라 차라리 특수성의 고안이었다. 번역은 손실을 감수해야만 한다는 논리에서 자유롭지 못한 것이 사실이나, 역설적으로 번역은 손실을 감안할 때만 특수성을 길어 올릴 수 있는 고통스럽고 흥미로운 언어-문화의 도전이다.

2. 주네가 쓴 시 작품은 여기에 수록된 여섯 편과 「찾아낸 시편」이 전부이다. 가장 늦게 출간된 시 「사랑의 노래」와 「쉬케의 어부」(1945)는 뤼시앵 세느모를 만나 나눈 경험을 담고 있다. 나머지 작품들은 1942년 전후 완성된 것으

* 운문은 정형시구로 이루어진 운문, 자유시구로 이루어진 운문, 정형시구로 이루어졌으나 내적으로 자유로운 운문, 이렇게 세 가지가 있다. 이에 관해 옮긴이가 쓴 「운문의 운문으로의 번역은 가능한가?」(『번역하는 문장들』, 문학과지성사, 2015) 참조.

로 알려져 있으며, 이와 비슷한 시기에 그는 훗날 역작으로 인정받을 소설 『꽃피는 노트르담』과 『장미의 기적』을 집필하고 있었다. 이 사실은 상당히 중요하다. 「파라드」와 「사랑의 노래」의 화자나 대상은 『꽃피는 노트르담』의 등장인물과 겹치며, 「갤리선」과 「장송행진곡」은 감옥이라는 극한의 상황이 반영된 『장미의 기적』과 유추 가능한 경험을 그려내고 있기 때문이다. 시가 이 공통 경험의 은유라고 한다면, 산문은 그 디테일이자 환유라고 해도 무방하겠다. 시의 가치를 온전히 파악하려면 작품을 병행해서 읽는 것이 좋겠다. 물론 『도둑 일기』는 감옥과 동성애 등과 관련된, 집필 전반에 대한 동기를 담담하게 풀어놓은 글이다. 그의 시는 그러니까 모조리 상호 텍스트의 산물이다. 그의 시는 산문의 전(avant)-텍스트이자 곁(para)-텍스트, 공(co)-텍스트이자 번역-텍스트이며, 그의 산문 역시 시의 전-곁-공-번역 텍스트이다.

3. 사르트르는 주네의 시에 보들레르, 말라르메, 위고, 쉴리 프뤼돔(Sully Prudhomme) 등, 다양한 근대 시인들을 모방한 시구들과 모방한 것으로 추정되는 시구들이 상당 부분을 차지하고 있다고 언급한 바 있다. 그러나 이는 믿을 만한 지적이라고 보기 어렵다. 사실 주네가 가장 많은 영향을 받은 시인은 시작법의 측면에서는 롱사르와 랭보, 콕토였다고 할 수 있으며, 산문 「외줄타기 곡예사」의 경우 말라르메가 추구하려는 바를 강력하게 암시하며, 주석

에서 언급한 것처럼 말라르메의 시를 구체적으로 드러낸
다. 주네 시에서 목격되는 고전적인 어휘 사용(특히 '은총'
과 같은 낱말)이나 어투의 차용은 롱사르 시의 특징을 물
려받았다기보다, 어린 시절 롱사르의 시를 습관처럼 암기
했던 사실에서 기인했다고 말하는 게 정확하다. 또한 앞
서 지적한 것처럼, 랭보에게서는, 특히 그의 『지옥에서 보
낸 한철』에서, 주네는 도형수, 탈주, 저주, 방황, 악과의
대면과 같은 주제를 고스란히 물려받았다고 말할 수 있
다. 마찬가지로 주네의 연극 작품 가운데 상당수가 콕토
의 영향을 받았으며, 시를 언급하자면, 「장송행진곡」의
XIII 첫 번째 세 연이 콕토의 『평가(平歌, Plain-Chant)』
의 한 대목에서 목격되는 조화를 물려받고 있다는 지적*
이 있었으며, 「장송행진곡」과 「사형을 언도받은 자」가 공
히 콕토의 이 작품에서, 의사 고전시적 요소의 승계, 규칙
적인 운율로 된 장시의 차용, 음성적 하모니의 추구 등의
측면에서 영향을 받았다는 연구가 있었다.**

조재룡

* 장마크 바랑(Jean-Marc Varant), 『감옥의 시인들(Poètes en prison)』, 페랭(Perrin), 1989, 261-2쪽.
** 『장 주네 사전』, 155쪽.

장 주네 연보

1910년 — 12월 19일, 파리 아사스 가에 위치한 타르니에 병원에서 태어난다. 친모는 직업이 '가정부'로 기재된 스물두 살 미혼자 카미유 가브리엘 주네(Camille Gabrielle Genet)였다.

1911년 — 7월 28일, 생후 7개월 만에 파리 당페르로쉐로 가의 양육원에 유기된 주네는 이틀 후 파리 빈민 구제국을 통해 프랑스 중부 지방 알리니앙모르방의 레니에(Régnier) 부부에게 위탁된다. 그는 13세까지 이들에게 양육된다.

1916년 — 9월, 공립 초등학교 입학.

1919년 — 2월, 카미유 가브리엘 주네 사망.

1923년 — 6월 30일, 초등학교 수료 증명서 첫 단계 취득. 이후 상급 단계로 진학하지 않고, 대신 학교 도서관의 책들을 탐독한다.

1924년 — 파리 근교 몽테브랭의 달랑베르 직업학교에 입학해 식자공 견습을 받다가 도주한다. 미국이나 이집트로 떠나 영화관에 고용되고자 했던 바람을 동료들에게 알린 지 14일 만의 일이었다. 니스에서 잡힌 그는 파리로 돌려보내진다.

1926년 — 2-7월, 반복된 도주, 체포, 수감. 파리의 라 로케트 소년원에서 첫 수감 생활을 시작한다.

　　9월 2일, 기차에서 티켓을 소지하지 않아 검거된 후 투렌의 메트레 감화원에 수감된다. 이곳에서 보낸 2년 반은 훗날 두 번째 소설 『장미의 기적(Miracle de la rose)』을 낳는다. 또한 이곳에서 첫 섹스를 했다고 알려져 있다. 16세기 프랑스 궁정시인 롱사르에 관심을 가진 것도 이때의 일이다.

1929년 — 10월, 하사 계급장 취득. 프랑스 식민지 부대에 지원 입대한다.

1930–5년 — 시리아와 모로코에서 근무하며 아랍 세계를 접한다. 이 시기의 경험은 평생 영향을 미친다. 이후 프랑스에 주둔하는 동안 도스토옙스키와 탐정 잡지를 애독한다.
　　프랑스와 에스파냐를 떠돈다. 당시 경험은 훗날 『도둑 일기(Journal du voleur)』에 상세히 기술된다.

1936년 — 유럽을 떠돈다. 부랑하며 도둑질하다 붙잡혀 수감되자 체코슬로바키아의 브르노로 도망친다. 이후 다시 유럽을 떠돈다.

1942년 — 4월, 책을 훔쳐 프렌 교도소에 8개월간 수감되고, 이곳에서 첫 시 「사형을 언도받은 자(Le Condamné à mort)」를 쓴다. 9월, 이 시를 수록한 책을 자비로 약 100부 펴낸다. 역시 수감 중 희곡 「엄중한 감시(Haute surveillance)」의 첫 원고를 집필한다.
　　이해 말 첫 소설 『꽃피는 노트르담(Notre-Dame-des-Fleurs)』을 쓴다.

1943년 — 2월, 「사형을 언도받은 자」를 읽고 감동받은 장 콕토(Jean Cocteau)와 만난다. 콕토는 『꽃피는 노트르담』을 출간해줄 출판사를 물색해준다.

3월, 장 콕토의 비서인 폴 모리앙(Paul Morihien)과 저자로서 처음 계약한다(세 권의 소설, 시 한 편, 희곡 다섯 편).

5월, 베를렌이 쓴 책을 훔쳐 다시 한 번 체포되지만, 콕토의 도움을 받아 3개월만 수감된다.

7월, 상테 교도소에서 두 번째 소설『장미의 기적』집필.

9월, 다시 책을 훔치고, 4개월간 수감된다. 상테 교도소에서 지금은 분실된 희곡「엘라가발루스(Héliogabale)」와「돈후안(Don Juan)」등을 집필한다.

12월, 로베르 드노엘(Robert Denoël)과 폴 모리앙에 의해, 출판사가 표기되지 않은『꽃피는 노트르담』초판이 은밀히 유통되기 시작한다. 한편 주네는 비시정부의 친독(獨) 의용대가 관리하는 투렐의 수용소로 이송된다.

1944년 ─ 3월 14일, 여러 사람들의 지지 덕에 자유의 몸이 된다.

4월,『꽃피는 노트르담』의 일부를 문학잡지『라르발레트 (L'Arbalète)』에 발표한다.

5월, 카페 드 플로르에서 사르트르를 만난다.

9월, 소설『장례식(Pompes funèbres)』집필을 시작한다.

1945년 ─ 3월 20일, 시 모음집『은밀한 노래들(Chants secrets)』이 라르발레트 출판사에서 출간된다.『장례식』탈고. 소설『브레스트의 케렐(Querelle de Brest)』, 자전적 글『도둑 일기』, 희곡 「하녀들(Les Bonnes)」집필 시작.

1946년 ─ 3월,『장미의 기적』이 라르발레트 출판사에서 출간된다.

7-8월,『도둑 일기』일부가『레 탕 모데른(Les Temps modernes)』에 게재된다.

9–12월, 희곡 「엄중한 감시」와 「하녀들」 개작.

1947년 — 3–4월, 「엄중한 감시」가 『라 네프(La Nef)』지에 2권에 걸쳐 실린다.

4월 19일, 「하녀들」이 루이 주베(Louis Jouvet)의 연출로 파리 아테네 극장에서 공연된다.

11–12월, 갈리마르에서 익명으로 『장례식』이 한정 출간된다. 역시 익명으로 『브레스트의 케렐』이 한정 출간된다.

1948년 — 7월, 일전의 죄로 또다시 감옥에 머물게 되자, 콕토와 사르트르를 위시한 작가와 예술가 45명이 서명운동을 벌인다.

8월, 라르발레트 출판사에서 『시집(Poèmes)』이 출간된다. 라디오극 「죄지은 아이(L'Enfant criminel)」, 희곡 「스플랑디드스(Splendid's)」 집필.

9월, 『도둑 일기』 초판이 스위스 제네바에서 익명으로 출간된다.

1949년 — 3월, 『엄중한 감시』가 갈리마르에서 출간된다.

7월, 『도둑 일기』가 갈리마르 블랑슈(Blanche) 총서 중 하나로 출간된다.

8월, 대통령 뱅상 오리올(Vincent Auriol)이 주네의 죄를 사면한다.

1950년 — 25분짜리 단편영화 「사랑의 노래(Un chant d'amour)」 촬영. 주네가 연출한 유일한 영화다.

1951년 — 10월, 시나리오 「금지된 꿈들(Les Rêves interdits)」

발표. 이 작품은 훗날 토니 리처드슨(Tony Richardson)이 감독하고 잔 모로(Jeanne Moreau)가 출연한 영화 「마드무아젤(Mademoiselle)」이 된다.

1952년 — 5월, 로마에서 두 번째 시나리오 「도형장(Le Bagne)」 집필.

　　7월 9일, 갈리마르에서 주네의 『전집(Œuvres complètes)』 1권 출간.

　　8월, 갈리마르에서 출간된 장 주네 전집 1권에 수록된 사르트르의 평론 「성자 주네, 배우 그리고 순교자(Saint Genet, comédien et martyr)」를 읽고 충격을 받은 주네는 콕토에게 자신은 이와 다른 존재라면서, 지난 5년간 쓴 작품을 불태워 버렸다고 말한다. 주네는 유럽 곳곳과 알제리, 모로코를 여행하고, 공산당과 잠시 가까워진다.

　　11월, 런던의 로열 코트 시어터에서 피터 자데크(Peter Zadek)의 연출로 「하녀들」이 무대에 오른다. 공연에 참여한 주네는 내셔널 갤러리에서 렘브란트의 그림에 매료된다.

1953년 — 9월, 암스테르담에 머물던 주네는 렘브란트에 대한 책을 쓸 계획을 세운다.

1954년 — 가을, 주네는 알베르토 자코메티(Alberto Giacometti)의 작업실을 정기적으로 방문해 포즈를 취한다. 그림 3점과 소묘 6점이 남는다.

1955년 — 1–7월, 희곡 「발코니(Le Balcon)」와 「흑인들(Les Nègres)」을 쓰고, 「도형장」 시나리오를 개작한다.

11월, 사후 출간되는「그녀(Elle)」를 쓴다. 희곡
「칸막이들(Paravents)」에 착수한다.

이해에 주네는 자신의 인생에서 가장 사랑하게 된 19세의
곡예사, 압달라(Abdallah)를 만난다.

1956년 — 라르발레트 출판사에서 자코메티의 그림을 표지로 삼은
『발코니』가 출간된다.

1957년 — 3월, 산문「외줄타기 곡예사(Le Funambule)」를 쓴다. 이
글은 9월『프뢰브(Preuves)』지에 실린다.

4월,「자코메티의 아틀리에(L'Atelier d'Alberto
Giacometti」 집필. 런던에서 피터 자데크 연출로「발코니」가
초연된다.

1958년 — 1월. 라르발레트 출판사에서『흑인들』이 출간된다.

9월,『렉스프레스(L'Express)』지에 예술론「렘브란트의
비밀(Le Secret de Rembrandt)」 발표.

1959년 — 10월, 파리의 루테스 극장에서 로제 블랭(Roger Blin)의
연출로「흑인들」이 공연되고, 큰 성공을 거둔다.

1960년 — 2월, 새로운 버전의『발코니』가 라르발레트에서
출간된다.

5월, 런던과 베를린, 뉴욕 공연 후 파리에서 피터 브룩
연출로「발코니」가 초연된다.

1961년 — 2월,『칸막이들』이 라르발레트에서 출간된다.

5월, 프랑스의 오데옹 극장에서 장마리 세로(Jean-Marie Serreau) 연출로 「하녀들」이 무대에 오른다. 「칸막이들」이 베를린에서, 「흑인들」이 뉴욕과 런던에서 공연된다.

1962년 — 3월, 「발코니」가 조지프 스트릭(Joseph Strick) 연출로 미국에서 영화화된다.

1963년 — 9월, 미국에서 소설 『꽃피는 노트르담』이 출간된다. 「칸막이들」이 빈에서, 「발코니」가 샌프란시스코에서, 「하녀들」이 도쿄, 런던, 파리, 뉴욕에서 공연된다.

1964년 — 3월 12일, 압달라가 자살한다. 주네의 삶이 돌변한다. 문학을 버리겠다고 선언한 주네는 원고를 태우고, 유서를 작성한 후 프랑스를 떠난다.
4월, 「칸막이들」이 스톡홀름에서 공연된다.
5월, 피터 브룩이 「칸막이들」을 런던 무대에 올린다.

1965년 — 2월, 「하녀들」이 베를린에서 공연된다.
11월, 미국으로 떠나려 하지만 미국은 주네의 '성적 이상'을 이유 삼아 체류 비자를 내주지 않는다.

1966년 — 4월, 프랑스 오데옹 극장에서 로제 블랭 연출로 르노바로(Renaud-Barrault) 극단의 「칸막이들」이 공연된다.
6월, 『로제 블랭에게 보내는 편지(Lettres à Roger Blin)』가 갈리마르에서 출간된다.

1967년 — 우울증에 시달린다.

4–5월, 『텔켈(Tel Quel)』지에 「…라는 이상한 단어(L'Etrange mot d'...)」와 「작은 사각 모양으로 찢겨진 렘브란트란 작자로부터 남겨진 것 …(Ce qui est reste d'un Rembrandt déchiré en petits carrés...)」 발표.

5월 말, 새로운 유서를 작성한 후 이탈리아 국경 지역에서 자살을 시도했으나 실패한다.

11월, 로제 블랭이 「칸막이들」을 독일 에센에서 공연한다.

12월, 극동 지역 여행, 일본 체류.

1968년 — 5월, 프랑스로 돌아와 학생 시위에 참여한다.

8월, 베트남 전쟁 반대 시위에 가담하고자 시카고를 방문한다. 윌리엄 버로스(William Burroughs), 앨런 긴즈버그(Allen Ginsberg)와 만난다.

1969년 — 11월, 두 번째 일본 체류.

1970년 — 3–5월, 미국의 흑인 인권 운동 단체인 '검은 표범단'의 초청으로 두 번째 미국 방문. 여러 대학교를 돌아다니며, 또한 언론 앞에서 흑인 인권 운동에 대해 강연한다.

10월, 팔레스타인해방기구의 초청으로 서아시아 방문. 야세르 아라파트(Yasser Arafat)와 만난다.

1971년 — 8월, 검은 표범단의 멤버였던 흑인 좌파 활동가 조지 잭슨(George Jackson)이 재판 전날 감옥에서 숨을 거두자, 그를 지지했던 주네는 성명을 발표하고, 사르트르, 뒤라스, 푸코, 들뢰즈 등과 함께 수차례 관련 시위에 참여한다.

9월, 두 번째 서아시아 여행.

1972년 ― 9월, 서아시아 지역을 세 번째 여행하던 중
「팔레스타인들(Les Palestiniens)」이라는 글을 씀. 검은 표범단과
팔레스타인들에 대한 책을 내고자 하는데, 이 계획은 14년 후
『사랑의 포로(Un captif amoureux)』 출간으로 결실을 맺는다.
    11월, 요르단을 방문했으나 선동자로 여겨져 추방당함.
강제로 프랑스로 돌아온다.

1979년 ― 5월, 후두암 치료차 화학요법을 받기 시작한다.

1981년 ― 메트레 감화원에서의 생활을 연상케 하는 시나리오
「성벽의 언어(Le Langage de la muraille)」 발표.

1982년 ― 3월, 모로코에 머문다.
    9월, 서아시아로 돌아간다.

1983년 ― 6–7월, 모로코에서 소설 『사랑의 포로(Un captif
amoureux)』 집필 시작.
    9월 20일, 파트리스 셰로(Patrice Chereau)가 「칸막이들」을
무대에 올린다. 파리에서 프랑스 문학상 수상.

1985년 ― 11월, 『사랑의 포로(Un captif amoureux)』 완성. 이
작품은 그가 죽은 뒤 한 달 후 갈리마르에서 출간된다.

1986년 ― 4월 15일, 『사랑의 포로』 교정차 파리에 왔다가 호텔
방에서 숨을 거둔다. 유언에 따라 모로코 북쪽 해안, 오래된
에스파냐 공동묘지 라라슈에 묻힌다.

워크룸 문학 총서 '제안들'

일군의 작가들이 주머니 속에서 빚은 상상의 책들은 하양
책일 수도, 검정 책일 수도 있습니다. 이 덫들이 우리 시대의
취향인지는 확신하기 어렵습니다.

'제안들'은 계속됩니다.

제안들 10

장 주네
사형을 언도받은 자 /
외줄타기 곡예사

조재룡 옮김

초판 1쇄 발행. 2015년 6월 15일
2쇄 발행. 2019년 1월 31일

발행. 워크룸 프레스
편집. 김뉘연
제작. 세걸음 / 상지사

ISBN 978-89-94207-54-4 04800
978-89-94207-33-9 (세트)
13,000원

워크룸 프레스
출판 등록. 2007년 2월 9일
(제300-2007-31호)
03043 서울시 종로구
자하문로16길 4, 2층
전화. 02-6013-3246
팩스. 02-725-3248
메일. workroom@wkrm.kr
workroompress.kr
workroom.kr

이 도서의 국립중앙도서관
출판예정도서목록(CIP)은 서지정보유통
지원시스템(seoji.nl.go.kr)과
국가자료공동목록시스템(nl.go.kr/
kolisnet)에서 이용하실 수 있습니다.
CIP제어번호: CIP2015014499

옮긴이. 조재룡 — 서울에서 태어나 성균관대학교 불어불문학과를 졸업하고
2002년 파리8대학에서 박사 학위를 받았다. 서울대학교 한국문화연구소와
성균관대학교 인문과학연구소, 고려대학교 번역과레토릭연구소의 전임 연구원을
거쳐 현재 고려대학교 불어불문학과 교수로 재직 중이다. 2003년 『비평』지에
문학평론을 발표하면서 문학평론가로도 활동 중이며, 시학과 번역학, 프랑스와
한국 문학에 관한 다수의 논문과 평론을 집필하였다. 지은 책으로 『앙리 메쇼닉과
현대비평: 시학, 번역, 주체』, 『번역의 유령들』, 『시는 주사위 놀이를 하지
않는다』, 『번역하는 문장들』, 『한 줌의 시』, 『의미의 자리』 등이 있으며, 옮긴
책으로 앙리 메쇼닉의 『시학을 위하여 1』, 제라르 데송의 『시학 입문』, 루시
부라사의 『앙리 메쇼닉, 리듬의 시학을 위하여』, 필립 라브로의 『스테파니의
비밀노트』, 알랭 바디우의 『사랑예찬』, 조르주 페렉의 『잠자는 남자』, 로베르
데스노스의 『알 수 없는 여인에게』 등이 있다.